小学館文庫

うちの宿六が十手持ちですみません

神楽坂 淳

小学館

目次

主な登場人物

菊弥（きくや）……柳橋（やなぎばし）で一、二を争う人気の芸者。男まさりで気風（きっぷ）がいい。「芸は売っても身は売らない」を地でいっている姉御肌（あねごはだ）。周りの芸者からの信望も厚く、旦那（だんな）衆からも可愛がられている。順風満帆な芸者人生で唯一の失点が、「ダメ男好き」という性格。

北斗（ほくと）……菊弥の情人（ヒモ）。柳橋を縄張りにしている岡っ引き。表向きは、荷物を持ったり、金銭の交渉を受け持ったりする「箱屋」の「外箱」として、菊弥の付き人をしている。自分では凄腕（すごうで）と思い込んでいて、菊弥を支えていると勘違いしている「ダメ男」。

七尾（ななお）……芸者の身の周りの面倒を見る「箱屋」の「内箱」として、菊弥と二人で暮らしている。三味線（しゃみせん）も踊りも、並の芸者では太刀打ち（たちう）できないほどの芸達者。面倒を見てくれていた旦那が死んでしまったため、操（みさお）を立てて、芸者を引退した。毒舌家でもある。

うちの宿六が十手持ちですみません

親子喧嘩と盗賊騒ぎ

道の真ん中に褌(ふんどし)が落ちていた。

「なんだい。朝も早いのにもう始まったのかい」

前をあるいていた七尾(ななお)がいやそうに毒づいた。

「今日は節分だからね。馬鹿な男が褌を脱ぎ捨てていくのは仕方ないよ」

菊弥(きくや)が苦笑する。

「自分の刀がそんなに立派だと思ってるのかね。粗末な刀だったら鬼に返り討ちにされるのがおちだろう」

「そうかもしれないね」

菊弥はくすくすと笑うと、道の褌を蹴り飛ばした。

一月の三日は節分である。豆まきなども盛んだが、江戸の町からすると「道に褌が落ちている日」であった。

自分の股間の抜き身で鬼を斬って捨てるというので、辻の真ん中に褌を落として「抜き身」で歩くのだ。

女からするとありえないような考えだが、男にとっては大切らしい。脱ぎ捨てた褌はあっという間にごみ拾いが回収していくから、そう長い間落ちているわけではないが、うっとうしいには違いない。

「今日も小刀をちらつかせた宿六がやってくるよ」

「たしかに脇差かもしれないね」

言いながら置屋に向かって足を運ぶ。

菊弥は柳橋で座敷にあがる芸者である。芸者といってもいろいろあるが、吉原芸者以外で柳橋は一流といえた。

神楽坂や王子も頑張っているが、柳橋には及ばない。

「もうひと月もすれば初午だからね。今年も派手になりそうだから頑張ろう」

「そうだね。初午の日は座敷もみんな閉まってるから祭りの方に専念するさ」

「ところであんたんところの宿六はどうしたんだい。一応仕事にくるはずじゃないのかい」

「盗賊が出たとか言って十手持って遊びに行ってるよ」

「また岡っ引きごっこかい」

「それが性分だから仕方ないね」

菊弥の情人の北斗は、柳橋を縄張りにしている岡っ引きだ。岡っ引きと言うと聞こえはいいが菊弥のヒモである。

岡っ引きには基本収入はないから、誰かにたかって生きるしかない。町の人にたかるか女にたかるか、だいたいどちらかである。

そして北斗は菊弥にたかって生きているというわけだ。

もちろん表向きの仕事はある。箱屋であった。箱屋というのは芸者の面倒を見ている小者である。芸者の身のまわりの面倒を見るのが内箱。荷物を持ったり金銭の交渉を受け持つのが外箱だ。

大抵の場合、外箱は男。内箱は女であった。内箱はまだ芸者になっていない見習いか芸者を引退した老女がやることが多い。

ただ、菊弥の内箱の七尾は、現役の売れっ子芸者だったのが引退して、面倒を見てくれていた。

「お。来たよ。あんたの宿六が」

道の向こうから北斗がよろよろと歩いてきた。

「金をたかりに来たね」

七尾がにやにやと笑った。

「間違いないね。あれは金をたかりに来た歩き方だ」

菊弥が言うと、七尾がおや、という顔をした。

「歩き方でわかるのかい」

「わかるさ。金が欲しいときにはすこしよろよろとした歩き方でね。弱ってるフリをして金をたかろうっていうのさ」

見え透いた方法なのに改めないのは、菊弥がつい金を渡すからだろう。

「おう。菊弥。今日もあいかわらず別嬪(べっぴん)だな。七尾も箱屋のくせに他の芸者がかすんで見えるじゃねえか」

「見え透いたお世辞はいいから。なんだい。仕事しにきたのかい」

「金貸してくれ」

菊弥が言うと、北斗が菊弥の前で両手をあわせた。

「返すの?」

「めぐんでくれ」

「悪びれないね」

菊弥は溜息をついた。と言っても呆れているわけでも、北斗が嫌んなったわけでもない。そういう北斗が可愛いと思っている自分に溜息をついたのだ。

「こう言っちゃなんだけど、自分の男の趣味の悪さにちょっと呆れるね」

北斗が、とんでもない、と言う様子で手を横に振った。

「お前の男の趣味は最高さ。いつも見る目があるって感心してるんだ」

「自分で言うかい。それで今度は何だい。まさか迷子の猫を探すとか言うんじゃないだろうね」

「いや、今度は本当に大事件だ。日本橋の太物問屋、坂東屋が盗賊に狙われてるんだ。今そいつらを追いかけている」

「日本橋の坂東屋。本当かい」

「何か知ってるのか」

「知ってるも何も、今から行く座敷が坂東屋さんの座敷だよ」

「じゃあ俺も行く。お前の箱屋だしな。俺は」

「たまには役に立っておくれよ。金をせびるだけじゃ、ヒモを飼ってるだけみたいなもんだからね」

「俺のことが好きじゃねえのか」

「飼い猫に向けるぐらいの愛情はあるから安心しな」

答えてから、菊弥はあらためて北斗を見る。

「本当のところ、どのくらい好きなんだろうね」

「細かいことは考えるなよ。とにかく座敷に行こうぜ。それが一番だ」

北斗に促されて歩き出す。

それにしても最近は物騒になったものだ。浦賀に黒船が来てから盗賊の手口が妙に荒っぽくなってすぐに人を殺す。

そのせいであちこち殺伐としてしまって江戸が荒れていた。

ただし芸者の世界は昔よりも賑やかになって、芸者の数も年々増えていく。

その中にあって「柳橋の菊弥」といえば、なかなか約束を取り付けるのが難しい人気芸者として名を馳せていた。

後添えに貰いたいという旦那衆も引きも切らない。

きっと大切にしてもらえるという確信もある。菊弥がなびかないのはたった一つの理由だった。

致命的なほど。

男の趣味が悪かったのである。

「ごめんなさい」

菊弥が置屋の中に入るなり声をかけた。

「あいよ」

「木村屋（きむらや）」のおえん母さんが返事をしながら出てきた。歳（とし）は四十だが、芸者上がりのせいか年齢に似合わない色気が全身から漂っている。

そのせいで後添えの話などが後を絶たない。ただ本人としては芸者の面倒を見ているほうが楽しいらしい。

愛想はいいが金にはかなりがめつくて、悪評も多かった。しかし売れっ子の芸者や金持ちから、がめつくせしめた金で若い芸者の面倒も見ているから、菊弥は嫌いではない。

「今日、坂東屋さんの座敷が入ってるでしょう。どちらのお店ですか」

「梅川だよ」

梅川は、柳橋の中でもかなり名の通った料亭だ。柳橋にはへそまがりな料亭が多い。かき入れ時には店を閉めてしまったりもする。今は松の内で料亭で遊ぶ客などいないからかえって店を開ける気になったのだろう。

酔狂な客がいれば酔狂な店もあるということだ。

「ところで、なんだって坂東屋さんが狙われてるって分かったのさ。あんたみたいな岡っ引きっていうのはそんな話が入ってくるのかい」

岡っ引きというのはそもそも自分が犯罪者のことが多い。犯罪者仲間からの情報で犯人を捕まえているのである。そのぶん自分の犯罪はもみ消してしまうから、幕府としては結構苦々しく思っている。

犯罪をしない岡っ引きとなると遊び人で、大概女から金をせびって遊ばせてもらっている。北斗などはその口で、遊び人仲間からさまざまな情報を引き出しているのだ。

犯罪が起きた後ならともかく、起きる前に盗みの情報が手に入るということはめったにない。あるとしたら自分が仲間に加わるときぐらいだ。

「あんたまさか、押し込みの仲間に誘われたんじゃないだろうね」

「もちろん断ったよ。これでも十手持ちだからな」

北斗がどうだ、という顔をした。

「断ったけど、相手はあんたを岡っ引きだって知って誘ってきたのかい」

「おう。これでも柳橋の北斗親分といえば結構な有名人だからな」

「あんた、馬鹿だろう。馬鹿だ馬鹿だと分かってはいたけどさ、ここまで頭が悪いとは知らなかったよ。いい加減世間様に迷惑をかけるのはやめたらどうだい」

「どういうことだよ」

北斗が不満そうな表情になった。

言葉を投げつける前に、もう一度頭の中を整理する。

どんな盗賊か知らないが、岡っ引きを仲間に誘うというのはありえない。盗賊の仲間に入ったことが分かったら、問答無用で死刑である。

だから岡っ引きは徒党は組まない。十手を使ったゆすりたかりはよくやるが、盗賊のようなことはしないものなのだ。

しかも当然誘われたことを同心に報告する。つまり、北斗を仲間に誘った段階で柳橋中に坂東屋を襲いますよと宣伝したようなものだ。

この状態で盗賊が坂東屋を襲うはずがない。どこか他に狙い目があって、目をそらすのに北斗が利用されたに決まっていた。

と言ってもそんなことが分かったら外聞が悪いにもほどがある。ここは何とか犯人を捕まえて面目を保つ以外ないだろう。

「それでどんなやつがあんたを誘ってきたんだい。江戸のやつかい」

「中野だよ。中野の盗賊らしい」

「中野ね。ありそうなことだね」

中野には盗賊が住んでいることがそれなりにある。江戸の所払いになった連中が中野に住み着いてることは多いのだ。

表向き江戸には入れないが江戸に未練がある連中が中野に住む。王子も所払いのうちだが、中野と少し違う。

何と言っても中野の隣は新宿だ。新宿という街はあまり柄が良くないので、ふらっと遊びに行っても分かりはしない。だから王子の方が少々行儀のいい街なのである。

「名前ぐらいは聞いたんだろうね」

「権兵衛って言ってたよ」

「うん。もういいよ」

芸者のヒモをやっていて、権兵衛という名前を持ち帰ってくるあたり、気が利かないにもほどがある。

遊女は源氏物語から名前を取って自分につけるから源氏名と言う。

それに対して芸者は名無しの権兵衛ということで権兵衛名と言う。これは相手の女房にばれてしまわないように男の名をつけるからなのだ。

つまり、相手が権兵衛といった段階で名乗る気はないと言っているようなものだ。

やれやれ、と菊弥は心の中でため息をついた。

北斗は岡っ引きとしてはかなり有能で優秀である。ただし、事件のとっかかりに関しては相当方向がずれている。

漠然とした欠片が集まってくると別人のように有能になるのだが、それまでは何を言ってるのかまるで分からない。

いずれにしても、坂東屋が襲われるという話は耳に入れないわけにはいかないだろう。

「相変わらず見事な駄目っぷりだね」

七尾が笑いを噛み殺さずに言った。

「駄目とは何だ。俺はいつもちゃんと事件を解決してるよ」

北斗が反論する。

「してるけど周りに迷惑かけまくって、いつも姐さんが詫びに回ってるじゃないか。

あんたのような男をまったく駄目なまだ男っていうんだよ」

　そんな話をしてるうちに、梅川についた。梅川の戸を開けると割と広い三和土(たたき)があって、その先に玄関がある。中に入ると広間があって、そのさらに奥に座敷がある。坂東屋は一番奥の座敷にいるはずだった。今日は他の座敷はまったく埋まっていなくて坂東屋の貸切のようになっている。

「じゃあ俺はここで行くぜ」

　北斗はさっさと行ってしまった。

「なんだろうね、あれは」

　菊弥が言うと、七尾が少し真面目な声を出した。

「姐さん。結構な事件に巻き込まれるかもしれませんよ。それかとてもくだらない事件に巻き込まれるかどちらかでしょ」

「どういうことだい」

「いくらなんでも偶然岡っ引きが盗みにさそわれることはありません。北斗さんが何か仕掛けを入れたのに違いないです」

「誘わせたってことかい」

「他にはありえないでしょう」

確かにその通りだ。だとすると相当手強い盗賊か、ものすごく素人臭い盗賊のどちらかということになる。

なんとなくくだらない方ではないかと思いつつ、座敷の障子に手をかける。

「ごめんなさい」

挨拶をして部屋に入る。部屋の中には坂東屋が一人で座っていた。

菊弥は坂東屋の隣に座ると両手をついてお辞儀をした。

「こんばんは。ありがとう」

朝だろうと昼だろうと挨拶はこんばんはである。他の芸者もいる部屋であれば挨拶のしきたりも多少は違うのだが、今日は菊弥と七尾だけの座敷だからかなり略式だ。

挨拶のときはきちんと襟足を見せるのがいい。白い襟は吉原芸者しか使ってはいけないから、菊弥は薄い鼠色を使っている。

「あけましておめでとう」

坂東屋がにこやかに挨拶をする。歳はもう還暦を過ぎているが商売の方はまだまだ若々しい。

菊弥にとっては旦那である。菊弥にかかる金は坂東屋が負担してくれている。本来は体を任せる立場なのだが、坂東屋はもう歳で夜の方は全然駄目だ。

なのでどちらかというと娘のような形で可愛がってもらっている。それだけに坂東屋の事はとても大切にしていた。

「そろそろ着物を作らなければいけないだろう」

坂東屋が声をかけてくる。芸者というのは一年に何度か着物を新調するしきたりがある。そのうちで一番早いのが一月の二十日であった。

「はい。新調してもよろしゅうございますか」

「もちろんだ。七尾も新調するといい」

坂東屋が機嫌良く声をかけた。

「すみません。わたしまで座敷にあげていただいて。箱屋なのに」

七尾はきちんと芸者風に頭を下げた。

七尾は元々売れっ子の芸者だったのだが、面倒を見てくれた旦那が死んでしまったので、操を立てて芸者をやめてしまった。

今は菊弥の箱屋として働いているが、三味線も踊りもそこらの芸者では太刀打ちできない。

「本来なら高い金を払ってもそうそう呼べない七尾まで並んでいるのは贅沢(ぜいたく)というものさ」

芸者を引退してしまっている七尾を座敷にあげることはできない。菊弥を呼んだときに一緒に座敷に上がってもらうしかなかった。

昔は芸者といえば様々な技術も要求されたし、箱屋が座敷に上がるなどということもなかった。

今はだいぶ乱れていて、可愛ければなんでもいいと言う風潮だ。三味線など弾けなくても隣でお酌をしているだけで十分商売になる。

箱屋も、昔は座敷に上がったりしなかったが、今では顔立ちが良ければ座敷に上がってお酌の一つもできる。

そのせいで最近内箱の低年齢化が進んでいた。

「そんなにかしこまらなくても、着物代くらい気にすることはない」

「たとえ一文であっても、厚意でいただくお金ですから」

菊弥がきっぱりと言った。

「そう言ってもらえるとこっちも嬉(うれ)しいよ」

坂東屋が相好を崩す。菊弥に金を出しているのだから多少の無体は働いてもいいのだが、坂東屋はあくまで礼儀正しい。

しばらくすると、障子が開いて女中が三人入ってきた。一人は手に大きな徳利(とっくり)を持っている。五合は入りそうな大きさだった。徳利からは湯気がたっていた。

「おや、辰郎さんを呼んだのかい」

菊弥は思わず女中に声をかけた。辰郎というのは柳橋界隈で活躍している包丁人の名前である。

包丁人というのは料理人よりも一段格上の存在である。使う包丁にしても、料理人の使う包丁は単に包丁と呼ばれるが、包丁人の使う包丁は包丁刀と言われる。

包丁人や料理人の手配所があって、そこから派遣されてくる。

その中でも辰郎は腕利きとして名を馳せていた。謎の徳利が出てくるようなことをするのは辰郎くらいなものである。

「今日は寒いですから、まずはお吸い物からどうぞ」

そう言うと、女中は用意した椀の中に徳利の中身を注いだ。部屋の中に華やかな香りが満ちた。柚子と蜜柑の香りである。

「温かいうちにどうぞ」

言われるままに口をつける。汁の中に柚子と陳皮が入っている。他の具は何も入っていなかった。

「お雑煮です」

女中が言う。

「汁だけなのに」

菊弥が言うと、女中が笑顔を見せた。

「雑煮の始まりですよ」

それから、目の前に料理が並べられた。焼いたかまぼこ、焼いた鯛、そして豆腐である。豆腐は焼いて、軽く醤油が塗ってあった。

どうやら、雑煮をばらして膳として出したらしい。

豆腐からは不思議なことにイカの香りがした。

「これは美味い。しかしなぜ雑煮をわざわざばらしたのかね」

坂東屋が不思議そうに聞いた。

「バラバラの具が膳の中でひとつになるのがご愛敬で。豆腐に塗った醤油はイカの醤油で、あたりめ醤油というそうです」

どうやらあたりめにかけているらしい。

確かに雑煮として見れば平凡だが、膳として見るならば、なかなか味のある料理として見ることができる。

汁が温かいのが最大の手柄だ。料理茶屋において温かい料理を食べるのが一番難しい。厨房(ちゅうぼう)から座敷に運ぶ間に料理は大抵冷めてしまう。仕出しの料理を頼んだ場合はもはや温かいという言葉は存在しない。

醤油と砂糖で味がつけてあることが多いから、冷めてしまうと少々厳しい味になってしまうことも多かった。

この料理は汁が温かいというだけで非常においしい。他の料理もさっぱりとした味付けでするすると胃の中に入っていく。

坂東屋は機嫌良く食べていたが、不意に難しい顔をして箸を置いた。

「菊弥、頼みがあるのだが。受けてはくれないか」

「旦那様の頼みですから、何でもお受けします。どうしたのですか」

「実は、うちの倅(せがれ)のことなんだが、どうもうちの店に盗賊に入ろうと計画しているようなのだ」

「息子さんがですか?」

「うむ。たちの悪い友達に取り込まれているようなのだ。それだけならいいのだが、盗賊の中に岡っ引きが混ざってるらしくてね。菊弥は岡っ引きと親しいのだろう。すまないが調べてもらえないだろうか」

そう言われて、自分の中で話の筋が一本通った。

すみません。その岡っ引きというのは多分うちの宿六です。心の中で思ったがもちろん口にできるはずもない。

「わかりました。しっかり調べさせてもらいます」

「すまない」

言いながら、坂東屋は懐から半紙を取り出すとさらさらと字を書いた。金五十両と書いてある。

「迷惑料としてこれを受け取ってくれ」

芸者を呼ぶ時にその場で金を払うということはない。紙に金額を書いて、後で置屋で清算するのである。祝儀でもなんでも紙に書いた金額であった。

「駄目ですよ。こんな高値は」

「着物の代金もあるからね。このくらいはいいだろう」

「木村屋のおえん母さんに頭を撥(は)ねられちゃうから、この形はやめてください。お金なら後日別の形で考えさせてください」

菊弥の言葉に、坂東屋がつい笑った。

「案外しっかりしてるね」

「おえんさんのことは大好きですけど、あの人がめついんです」

言ってから、改めて坂東屋に酒を注いだ。

「それにしても息子さんと仲が悪いのですか。失礼ですがわたしの見ている坂東屋さんはとても息子さんと仲違いしそうにはないのですが」

「私が悪いのだ。それだけにどうしていいのか、まったくわからない。もしも本当に息子が盗賊ということになれば、息子はもちろん店もただでは済まないだろう」

坂東屋は酒を呷ると大きくため息をついた。

「悪いと言うからには心当たりがあるのですね」

「うむ。私には息子が二人いるのだ。こういってはなんだが長男には商才がなくてね。できれば次男につがせたい。だが、初めての子供ということもあって、可愛いのは長男の方なのだ。そのような中途半端な態度が息子を二人とも傷つけてしまった」

「そして長男の方がぐれてしまったのですね」

「傷つけないように小遣いを多く渡していたから、そのうちに悪い取りまきができてしまったようだ」

「盗賊という話はどこで聞いたのですか」

「息子が捨て台詞のように吐いて家を出てしまったのだ。そしてもう十日も家に寄り付いていない」

「悪い仲間と遊んでいるというところでしょうか」

「とにかくせがれのことだけに奉行所に相談もできない。なんとか解決してもらえないだろうか」

「やってみます」

菊弥は笑顔で答えた。

これで北斗が一枚嚙んでいて、なおかつ坂東屋が盗賊に入られでもしたら、切り刻んで川に捨てようと思う。

「とにかく元気を出してください」

七尾と二人で両脇からお酌をして、なんとか元気になったのであった。

座敷からいとまごいをして、七尾と二人になる。

菊弥は唇を嚙むと、七尾の顔を見た。

「うちのあれが一枚嚙んでるよね。どう考えても」

「残念ながら嚙んでますね。好意に見るのであれば、盗賊に入るのを止めるように説得しているのではないかね」

「本当に？」

「嘘だよ」

七尾があっさり言う。

「まあ、悪い奴じゃないからね。くだらないことを考えてるかもしれないが、盗賊の片棒を担ぐことはしないだろう。とにかく捕まえようじゃないか」

「そうは言っても、北斗さんがどこにいるかなんて分からないでしょ」

「本当にわからないと思う？」

「嘘です」

そういうと七尾は苦笑したのであった。


正月も三日となると、町奉行所もやっと動き出す。しかし、年末の二十五日から正月の二日までは町奉行所は長い忘年会である。

従って三日というのは与力同心ほぼ全てが二日酔いと言う江戸の治安としては甚だ心許ない日なのだ。

それをいいことに、岡っ引きはたいてい新年会をやっている。だから昼から集まって安く飲める場所を探せば見つかるに決まっていた。

柳橋あたりで安く飲むといえば、天松という屋台の天ぷら屋である。目の前の川から適当なものを釣り上げてその場で天ぷらにして出していた。

何を出すかは川次第ということで、献立は天ぷらしかない。あとは季節の野菜を適当に揚げる。野菜を揚げて欲しい人は野菜、とだけ言う。

安いだけに柄も悪い。ヤクザと岡っ引きしかいないのではないかというような店で、もちろん女など近寄りもしない。

近寄っただけで女郎屋に売り飛ばされそうな屋台である。

菊弥が天松に立ち寄ると、あいにく北斗はいなかった。店主の松次郎に声をかける。

「うちの宿六は今日はここで飲んでないのかい」

「おう。姐さん。今日はまだ来てねえな。でもじきに来ると思うぜ。今の時季はうちの店は一番うまいからな」

「何揚げてるんだい」

「白魚に決まってるだろ」

松次郎が答える。確かにそうだ。江戸の正月といえば川の魚はまず白魚である。そこら中の川にいるから杓子で掬い取っていくらでも取れる。

若い者が目の前の川で捕った白魚をその場で揚げて食べる。気取った料理屋がどういきがったところで屋台の天ぷら屋に味で勝つことはできない。

「食べて行かねえのかい。姐さん」

「こんなところで食べたら、視線だけで子供をはらみそうだ」

菊弥が毒づくと、客がどっと笑った。柄の悪い連中だが、相手が売れっ子の芸者となると態度が違う。そこらの娘と違って芸のある人間は尊敬しているのである。

七尾が、菊弥の袖を摑(つか)んだ。

「少し食べて行こうよ」

七尾は白魚が好きである。どうにも我慢が出来なくなったらしい。

一人で置いとくわけにもいかない。菊弥は仕方なく客に声をかけた。

「ふたりぶん場所を空けてくんな。おかしなことをしたら承知しないよ」

男たちがおとなしく場所を空けてくれる。七尾がいそいそと席に座った。

「お酒と天ぷらね。あ、冷たいのね」

うきうきした様子で注文する。

「七尾さ。どうでもいいけどあんた酒飲む時って本当に身を持ち崩した女そのものだよ。もう少し何とかならないのかね」

「ならない。座敷の時はあまり飲まないじゃない。酒が五臓六腑(ごぞうろっぷ)をかき回す感覚がたまらなく好きなのよ」

目の前ですくいとった白魚をかき揚げにしてポンポンと揚げてくれる。軽く酢で割った醤油をつけてしゅわっと食べる。

天ぷらは、サクサク、でもなく、ふんわり、でもない。醤油をかけた時にしゅわっという音がして、口の中にその感覚を持ち込んだような天ぷらが一番おいしい。

天ぷらの一番の敵は運んでいる時間である。鍋の中で揚がった。出てきた。しゅわっ。

こういう天ぷらがとにかく美味しい。ましてやさっきまで生きていた白魚だ。いくら寒いと言っても熱燗よりは冷たい酒の方が天ぷらにはよくあった。

「幸せー」

蕩けていきそうな七尾を見ながら、菊弥も酒を飲む。

「これでこんなゴロツキがいなければ最高の店なんだけどね」

「ゴロツキがいなければ店が潰れますよ。店ってのは客が来るからやってられるんですからね」

松次郎が苦笑する。

「俺たちだって姐さんの客になることがあるかもしれないじゃねえか」

「あんたはないだろう。こう言っちゃなんだがわたしは高いからね。あんたらの稼ぎじゃそう簡単には呼べないだろう」

　そう言った後で、少し言い過ぎたと思う。どんな男にも踏みにじってはいけない心というのはあるものだ。

「わたしっていうより料理茶屋の料理が高いからね。ここで三味線弾くぐらいなら、あんたらの稼ぎでもいけるんじゃないかね」

　そう言うと、屋台の周りで歓声が起きた。

「なんだよ。本気かい」

「本気本気。すごく本気だ」

　あっという間に誰かが地面に布を敷いて、銭を投げ入れ始めた。

「なんだい。見た目は多そうだけど一文銭ばっかりじゃないか。せめて四文銭ぐらい投げるやつはいないのかい」

「一攫（いっかく）千金したらいくらでも払ってやるよ」

　誰かが笑いながら言った。

「どうでもいいけど盗みで一攫千金なんて奴はいないだろうね」

　菊弥が言うと、男たちは大笑いした。どうやらここには盗賊は混ざっていないようだ。

「なんだい。こんだけ山になって百文もないよ」

「じゃあ、あたしがやるよ」

七尾が三味線を手に持った。金を積んでも座敷に呼べない七尾の三味線に屋台は大きく盛り上がった。

半分出来上がっている七尾の声は菊弥が聞いても色気がある。正月早々何をやっているんだろう、自分達は。

そんなこと思いながら、酒を口に含んだ。

「おいおい、こんなところで何やってるんでぇ」

北斗が、俺が目を離すとこれだから、というような顔で客の間に割り込んでくる。

菊弥の目の前に腰をかけた。

「なんでぇ。俺に逢いたくてこんなところまで探しに来たのかい」

「ああ。そうだよ」

菊弥は答えた。

それから北斗の耳に唇を近づける。

「あんたが声をかけられた盗賊って、まさか坂東屋さんのご子息が絡んでるんじゃあないだろうね」

菊弥がいうと、北斗の顔がひきつった。

「よくそんなこと知ってるな」

「これから家に来て、洗いざらい話してもらうよ。いいね」

「わかった」

北斗は諦めたように頷いた。

歌い終わった七尾を引きずるようにして家に帰る。

そして菊弥は、北斗からしっかりと事情を聞くことにしたのであった。


「一体どういうつもりで、坂東屋さんのご子息を盗賊の一味なんかに引き入れたんだい」

家に戻ると、菊弥は北斗を問い詰めた。

菊弥は神棚を背に座っている。目の前には火鉢があって、そこから神棚までは菊弥だけの空間だ。

北斗は火鉢の前で小さくなっていた。

七尾は二階でもう寝てしまっている。女の二人暮らしだから気楽なものだ。

火鉢で温めた酒を北斗にふるまう。北斗は、手のひらの上で塩と薬研堀を混ぜると、口に含んでから酒をあおった。

「うまいな」

「相変わらず趣味の悪い飲み方だねぇ」

「冬はこいつさ。薬研堀をつまみにすると温まるんだぜ。どうしても道端で寝ないと行けない時なんかは、こいつをやると風邪をひかないんだ」

北斗が得意そうな顔になった。そもそも道端で寝るという前提がどうかしていると菊弥は思う。

だが風邪をひかないならまあいいだろう。

「さっさと答えておくんな」

菊弥がうながすと、北斗はしぶしぶという様子で口を開いた。

「俺が入れたわけじゃねえよ。むしろあいつが盗賊団を作ったんだ」

「どういうことだい」

「あいつはいろんな店の間取りを知ってるからよ。あいつの手引きがあれば結構簡単に盗みができるんじゃないかってことで集まったんだ」

「あんたはどこで加わったのさ」

「どこって言われても途中としか言いようがないな。と言っても今の段階では夢物語で実際に盗賊をする度胸はない。ほっとけば飽きると思っていたんだ」

「いたんだってどういうことだい」

「最近どうも、その中に本物の盗賊が混ざってきてよ。本気で盗みを働きそうな気配が出てきたんだ」

「それでどうなんだよ」

「青太郎は、青太郎っていうのは坂東屋のせがれの名前なんだけどよ、今まで散々大きな口を叩いてきたから後に引けないって感じだな」

つまり、盗賊ごっこしていたら本物が来たというところか。

「何であんたはさっさとそいつを捕まえないんだい」

「それが一人きりならさっさと捕まえるんだがよ。もしかしてそいつの後ろに厄介な盗賊団がいたらやばいだろ」

「泳がせてるって言いたいんだね」

「そうさ」

「その間に、どこでもいいけど度胸試しとかいって盗賊を働いたらどうするんだい。みんなただではすまないんだよ。もちろんあんたね。一度牢屋に入ってみるかい」

「いや。それだけは困るな」

北斗が真剣に困った顔になった。岡っ引きが牢屋に入るというのは普通の囚人とは違う。牢名主によって必ず殺されてしまう。

だから岡っ引きにとっては、どんな軽い犯罪でも牢屋に入るのは死罪とまったく同じ意味なのである。

「度胸試しに小さな盗みをするっていうのは考えなかったな。たしかにそういうことはありえないことはないな」

「さっさとその青太郎さんを足抜けさせてきな」

「それは難しいな。形だけとはいえ、頭目になってるからな」

「何か方法を考えなさいよ。このまま行くと大事になるよ」

「もちろんそうだけどよ。お前にこういうのもなんだが、これは親子喧嘩の一種だからな。そちらがおさまらないと足抜けもしないだろうよ」

坂東屋も、自分が悪かったと言っていた。今回の件は息子の心の傷に本当に悪いやつがつけ込んだと言うことになるだろう。

「よし。わたしたちで解決するよ」

「え。俺たちがかよ」

「あんた岡っ引きだろう。それぐらいしっかりやりなよ」

そうは言っても、菊弥にもいい考えはない。盗賊の方は捕まえれば済むかもしれないが、親子関係の方は本人たちが話し合わなければ意味がない。その上、話し合っても解決しないからこうなっているのだろう。

坂東屋が息子を愛していないわけではない。愛情を伝える方法がうまく見つからないから起こっていることだ。

なんとか愛情を伝えるやり方を考えなければいけない。

「それでその本物の盗賊っていうのはどんなやつなんだい。若いのかい」

「三十歳ぐらいだな。青太郎が二十三歳だからな。連中の中では一番年上だと言ってもいいだろう」

「慕われてるのかい」

「とにかく世慣れてるし、悪い遊びのことはよく知ってる。仲間から金を巻き上げるようなこともしないし、連中には良い兄貴分だろう」

そうだとすると、言葉で何を言っても無駄だ。無理やり捕まえたとしても青太郎に恨まれるがオチだろう。

「本当のところそいつはどれくらい悪いやつなんだい。どのくらい罪を重ねてるのさ」

「どうだろうな。武勇伝を語っちゃいるが本当かどうかわからない。岡っ引きの俺の感覚としてはあいつも口だけで悪さはしてないんじゃないかな」

「口だけ盗賊団っていうのも間抜けなもんだね」

「いつ本物に化けるか分からないけどな」

これはなかなかややこしい。口だけであるならば罪に問うことはできない。かといって実行してしまったらもうおしまいである。

案外これは詰んでいるかもしれない。

「とにかく青太郎さんの気持ちを聞く方法はないのかい」

「何が聞きたいんだ」

「父親との関係に決まってるだろ」

「そんな突っ込んだ話をするものかな」

確かにいきなりそんな話題を振っても無理だろう。

「分かった。今日はもう帰っていいよ。何かいいこと思いついたら来ておくれ。いずれにしてもこんな年明けから盗みは働かないだろう」

「俺はここに泊まってはだめなのか」

「当たり前だろ。自分の家に男を泊める芸者なんかいるもんか。あんたも箱屋をやってるならそのくらいのことは承知だろう」

芸者をやっていて、男と暮らしているものはほとんどいない。ほとんどが母親と二人暮らしである。そうでなければ菊弥のように内箱と暮らしている。

北斗は不満そうな顔になった。

「本来はこんなとこにもあげなくて、三和土の上に座らせるところを、お情けで火鉢の前に座らせて酒まで出してやってるんだから文句なんか言わせないよ」

それから自分の後ろの神棚を指さす。

「芸者の家に住んでいい男はあれだけだからね」

菊弥の神棚の下にもう一つ神棚がある。そこに紙でできた男根が飾ってあった。芸者の家で男といえばまずはこれである。

「それは紙じゃねえかよ」

「罰当たりなこと言うと二度と家に入れないよ。いいから帰っておくれ」

北斗を追い出してしまってから、薬研堀と塩に目を留める。

「本当に体が温まるのかねえ」

手のひらの上でまぜて口の中にいれる。単に辛いだけかと思ったら、陳皮の香りがして案外悪くない。

「親子の仲も、これくらいうまく混ざってくれるといいけどね」

二階に登ると、自分の部屋に戻って布団に入った。

七日までに解決してくれると、仕事にさしつかえなくていい。芸者の仕事は一月の八日からで、七日には芸者の新年会がある。菊弥からすると一年で一番面倒くさい儀式だが、放っておくわけにはいかない大切な日でもある。

そんなことを考えてるうちにすっかり眠り込んでしまった。

目が覚めると、下から飯の炊けるいい匂いがしていた。下に降りていくと、七尾が食事の支度をしていた。

「おはよう」

声をかけると、七尾が背中を向けたままで返事を返す。

「おはようさん」

「今日はなんだい」

「吉原卵だよ」

「女同士で吉原卵もないもんだけどね」

芸者の食事は芸者が作るのが一番だ。芸者は食べられないものが多い。基本的に匂いの強いものは食べない。葱（ねぎ）も食べないし納豆も駄目だ。魚でもイワシやサバ、コハダといった青魚は一切食べない。

酢で〆(しめ)た魚を食べたい時は鯛を〆て食べる。匂いの少ない豆腐や卵が中心になっていくことが多かった。

吉原卵は、その名の通り吉原の花魁(おいらん)が泊まった客のために朝食として作るところからきている。酒とみりんで甘めに味を付けた卵焼きであった。

「お楽しみの後でもないのに朝からあまり卵は食べたくないな」

「そう思って甘くないのを作ってるよ」

七尾が出してくれたのは、ふわふわした炒(い)り卵に鰹節(かつおぶし)と醤油で味を付けたものだった。それに濃い目の味噌汁(みそしる)と大根おろしであった。

沢庵(たくあん)は菊弥には少し甘くて、大根おろしのほうが好きである。炊きたての飯の上にたっぷりの大根おろしをかけて、醤油をかける。この行儀の悪い食べ方が好きだった。

「そんな姿を見せたら客が逃げちまうよ」

七尾がからかうように言った。

「これは七尾にしか見せないよ。北斗にだって見せたことがないんだからね」

言いながらさくさくと食事を済ませる。

「七尾はどう思う。今回の一件」

「蹴だしの喧嘩だからね。裾をまくって肌を見せないと決着はつかないよ」

七尾がにやりとした。

蹴だしというのは、歩くときにどうしても裾が割れて見えてしまう下着の部分である。恥ずかしがって見せないでいるとそもそも歩けない。だからといって見せすぎるのもはしたない。そして男から見ると、ちらちら見えるところがいい。

お互いに自分の愛情を正面からぶつけずに蹴だしのように、ちらちらと見せているからこじれるといいたいのだろう。

「言いたいことわかるけどさ。解決したいんだよ」

「あんた柳橋でも名前を響かせてる売れっ子芸者だろう。二代目の若旦那くらい誑し込んで言うこと聞かせられないのかい」

「自分の面倒を見てくれている旦那の息子をたぶらかせっていうのかい」

「一番早いだろう。もし気がとがめるって言うならあたしがやってもいいよ」

七尾がきっぱりと言う。

「大丈夫かい。あっちも遊び慣れているんじゃないかね」

「多少遊び慣れてるやつの方が引っかかるってもんさ」

七尾はくすくすと笑った。

青太郎は少々痛い目を見るかもしれないが、人生勉強と思えばそれもありかもしれない。問題はどうやって誘い出すかだ。

「まずはさりげなく知り合うことだね」

どうすればいいんだろう、と聞きかけてやめる。自分で考えるのをやめて何でもかんでも人に聞くようではおしまいだ。

菊弥は売れっ子の芸者なのである。そんなことは教えることはあっても教わることなんてありはしない。

正月といっても今日は四日だから、正月気分はまったく抜けていない。商人たちも商売そっちのけで挨拶回りで忙しい。

いかにも正月と言う雰囲気を出しているのは皆の服装である。正月はとにかく服装が地味である。黒の紋付袴といった格好は武士のためのもので、商人は袴をつけることはない。

ねずみ色の木綿などを身につけてなるべく地味を演出する。金を持っているのは商人だが、身分は武士よりも下ですよという表明をするのだ。

だから芸者も七日まで格好は地味にしていた。

菊弥も七尾も紺色の絣で、下駄を履いて出かけていく。七日の新年会に備えて両国まで簪を買いに行くのである。

家を出るとき、七尾が三味線の入った箱を持っているのに気が付いた。

「何で三味線なんて持っているのさ。重いだろう」

「正月の両国だからね。どんな物事があるともかぎらない」

「優しいことだね」

菊弥はそういうと、七尾が出るのを待った。歩く順番は箱屋が先、芸者があとである。

と言っても気心の知れた二人の道行きだから並んで歩いて行く。

芸者の新年会は、干支の簪を身に着けるのが決まりだ。今年は寅年だから、簪屋にはさまざまな虎の簪が並んでいる。

両国は屋台の町だ。火除地だからきちんとした家を建ててはいけない。高価なものから安価なものまですべて屋台で扱っている。

安い簪は四文だし、高いのは十両もする。どれもこれもが両国広小路という道の両端で売っていた。

新年会の簪選びは難しい。豪華で煌びやかな簪をつけていけば、あいつは思い上がっているとか、もともとが悪いから簪ぐらいは豪華にしてるんだろうとか陰口をたたかれる。

　かといって質素が過ぎるとあいつはもう人気がないんだと見下される。素直に新年おめでとうと言えないものだろうか、と菊弥はいつも苦々しく思っていた。

「こいつはどうなんだろうね」

　菊弥は虎と槍をあしらった簪を手にとった。

「加藤清正の虎退治ってことだね。なかなかいいじゃないか」

　七尾も興味を持ったようだ。

「何をつけて行ってもどうせろくでもない陰口をたたかれるだろうけどね」

「菊弥は売れっ子だからね。正面を向いてる時は愛想笑いをして、背中を向ければ陰口っていうのは常識だろう」

「まあね」

　結局、加藤清正の簪を買うことにした。

　そのときである。

「おうおう。誰に断ってここで商売してやがるんだ」

　大きな声がした。

　声の方向を見ると、同心がひとりと岡っ引きがひとり。それに小者が一人。三人の男が一人の少女に絡んでいた。

どうやら、この屋台を引いている少女らしい。

「新年早々女の子に絡んで憂さ晴らしってところかね」

「どうやら奉行所にちゃんと届けを出していなかったみたいだね」

大雑把に見えても町奉行所は書類仕事にはうるさい。許可なく店を出すとすぐに閉じることになってしまう。

それでも強面（こわもて）のお兄さんがやってるならともかく、見たところ十五歳くらいの少女が相手だ。たちの悪い同心からすれば大好物というやつだろう。

「助けるかい」

七尾が三味線を見せてくる。

「助けるさ。こういうときに助けないで柳橋で商売はできないね」

しゃらん、と三味線を鳴らすと、同心の前に進み出た。

「あけましておめでとうございます。佐久間（さくま）の旦那」

声をかけると、同心は気まずそうな表情になった。少女に絡んで憂さ晴らしをしていた自覚ぐらいはあるらしい。

「こんなところで奇遇ですねえ。正月早々お忙しくていらっしゃるんですか」

菊弥の登場で、あたりはあっという間に野次馬でいっぱいになる。

「この娘が許可なく屋台を出していたのだ」

佐久間は自分の正当性を主張してみせた。

「人間誰だって忘れることはあるでしょう。新年早々、こんな女の子が屋台を引いてるんですよ。訳ありだって思ってくださらないんですか」

それから三味線を鳴らしてもう一度いう。

「訳ありだって思ってくださらないんですか。佐久間様といえば人情のある同心で有名だと思ったんですがね。人情は去年に置いてきたんですか」

それからにっこりと笑って佐久間の胸を右手でつついた。そうして上目遣いで顔を見上げる。

「わたしは人情家の佐久間様が好きだな」

菊弥に言われて、佐久間はこれでもういいよ、という顔をした。この屋台を取り締まらないからと言って佐久間に困ったことは何も起きないのだ。

「ありがとうございます」

少女が礼を言ってきた。

「いいんだよ。こっちもこの簪が手に入って嬉しいよ。いくらだい」

「それは差し上げます」

「だめだよ。せっかく商売に来たんだからちゃんと金は受け取りな」

菊弥に言われて、少女は改めて頭を下げた。

「それにしても両国っていうのはあんまり柄の良い土地じゃない。あんたみたいな女の子が一人で屋台を引くのは少々危ないね」

「父が倒れてしまったのです。それで商売に来ました」

「あんた浪人の娘かい」

菊弥がたずねると、娘が驚いた顔になった。

「どうしてわかるのですか」

「そこらの娘は、父が。なんて言わないさ、でも、許可なくはいけないね」

「すみません。岡っ引きの方が手筈(てはず)を整えておくとおっしゃっていたのでつい安心してしまいました。年末年始ですから岡っ引きの方も忙しいですよね」

「そいつは怠慢だな。なんて岡っ引きに頼んだんだい」

「北斗さんっていう方です」

ごめんなさい。

菊弥は心の中で頭を下げた。どうしてあの宿六はあちこちで迷惑をかけながら遊びまわっているんだ。

「そうかい。少し忙しかったのかもしれないね。もしそいつを見つけたらしっかりと言っておいてあげるよ」

両国の屋台の許可などいい加減この上ない。そもそも両国広小路と言われてはいるが、火事の時の避難所だからどんな店も営業してはいけない。

なんとなく同心や岡っ引きに金を包んで何とかしているというのが実情だ。岡っ引きだってそんなことはわかっているから細かい取り締まりなどしない。

単純に顔が可愛いから絡まれた以上のことではないだろう。

「わたしは千早(ちはや)といいます」

「菊弥だよ」

挨拶してから簪を千早に見せる。

「これ、いい細工だね。誰が作ったんだい」

「父です。手先が器用なので様々なものを作ります。正月のこの時季は簪を作って新年のお金をつくるんです」

「そうかい。ここはいい店だってみんなに言っておくよ」

「ありがとうございます」

「ねえ、少し聞いてもいい」

「何でしょう」

「父親のこと好きかい」

「もちろんです」

千早は笑顔になった。

「うちは二人暮らしなんですけど、父がいない生活なんて考えられません」

「優しいお父さんなんだね」

「はい」

菊弥には父親の記憶はあまりない。金を持っていたという記憶はあるが可愛がられたような記憶はほとんどない。

母親は可愛がってくれたが割と早く死んでしまったので、両親と言われても今一つピンとこないのである。

今回の坂東屋の一件にしても、頭では親子の情を理解していても心の中まで共感しているかと言うとそういうわけではない。だから何か言っても説得力がないのではないかと危惧していた。

もしかしたら、もう少し千早に話を聞いた方がいいのかもしれない。芸者仲間は父親の事に関しては大抵役に立たない。

両親揃った幸せな家庭で芸者になるなんてことはあまりないからだ。大概母親と二人だから、芸者の世界には旦那はいても父親はいない。

屋台を離れてぶらぶらと両国を歩く。

「それにしても見事なまでに飲んだくれが多いね。両国は一年中飲んだくれてる町だけど正月は格別だね」

「一応道端で寝ない分別はあるみたいじゃないか」

七尾が返す。

「こんな所で眠ったら踏み殺されちまうよ」

「それはそうか。今日は女の姿も多いね」

「二日から鷹張芝居をやってるからね」

歌舞伎の正月公演は二日からである。一年の始まりということで、客も集まって盛り上がる。

年末の羽子板市で余った役者絵の羽子板を買いなおして、抱きしめて歩いてる女も多かった。

正月で気が緩んでるから、女だけで集まって酒を飲んでいる集団も多い。

「わたしらも飲む？」

菊弥が言うと、七尾は考えこんだ。

「どうするかな。ちょっと一杯も悪くないね」

そういった七尾が、少し眉をひそめた。

「あそこで潰れてるのはあんたの宿六じゃないか？」

見ると、北斗がおでん屋でつぶれて介抱されていた。

「あれ、川に投げ込んでいいかな」

「好きにすればいいけどさ。介抱してる中に青太郎さんて人がいるんじゃないかな」

七尾が目を細めた。

「本当かい。なんでそう思うんだい」

「なんでもなにも、見ればわかるだろう」

よく見ると、北斗を介抱している男の着物が妙に品がいい。というよりも明らかに若旦那の服装である。

両国のおでん屋は安い。どれもひと串四文である。酒も一杯四文だから、べろべろになるまで飲んだとしてもたかが知れてる。

金持ちの若旦那が足を踏み入れるような店ではない。とすると、あれが青太郎に間違いなさそうだった。

「どうする。引っ掛けるかい」

「あまり蓮っ葉なことをいうもんじゃないよ」

「やめるのかい」

「介抱のお礼くらいはしておこうよ」

そう言うと、北斗の方へと歩いて行った。

「北斗さん。大丈夫ですか」

青太郎らしき男は懸命に声をかけている。どうやら気立ては良いようだ。とても盗賊をやりそうな顔には見えない。

「すみませんねえ。介抱していただいて」

声をかけると、青太郎は不思議そうな顔で菊弥を見た。

「どちらさまですか？」

「そこで潰れてるろくでなしの女ってところだね」

「これは失礼いたしました。御新造様ですか」

「よしておくれよ。そんな格式ばった身分じゃないよ。こいつはヒモで、わたしは女って言うだけさ」

そういうと、青太郎は少々顔を赤らめた。女という言い方がなまなましかったらしい。年齢の割には女に慣れていないようだ。

「このままほっとくと迷惑だから、どこか適当な場所に放り込んじまわないといけないね」

「それなら家の別邸がありますから、そこにしましょう」

「大丈夫なのかい」

「平気ですよ」

青太郎の言葉には屈託がない。父親と仲が悪いなら別邸も使いたくないのではないだろうか。

「でもまあ、こんなの引っ張り込んだら家の人が気分を悪くするだろう。どこか出会い茶屋にでも行って介抱するさ」

「迷惑なんて思うほどわたしに興味はないですよ。弟の方が大切ですからね」

青太郎がやや冷たい笑いを浮かべた。

「じゃあ別邸にお邪魔しよう」

七尾が口をはさむ。

「こちらの方は」

「七尾です。よろしく。ヒモのついていないただの女です」

挨拶した口元から、甘い香りがした。桜草の香りである。本気の香りだ。菊弥はおいおい、と思う。

桜草は、口に含んで香りを演出する花としては人気がある。控えめだが華やかな香りは雰囲気がいいからだ。それとは別に媚薬と言う言い伝えもあって、女の方から男を誘っていると言う符丁でもある。

芸者が桜草を口に含むというのは、その気がありますよということだから危険この上ない香りであった。

青太郎の方はそのことは知らないだろうが、桜草の香りにどきどきしたには違いない。

「では駕籠を呼びましょう」

青太郎はためらわずに人数分の駕籠を呼んだ。連れて行かれたのは外神田の相生町にある別邸だった。

相生町は、普段は物静かな町だが、祭りの時には一変して屋台の立ち並ぶ町に変わる。別邸としては悪くない場所だった。

別邸には女中がいなかった。そのかわり、若い男が五人いた。これが多分盗賊の一味というやつだろう。

しかし、見たところ育ちのよさそうな顔しかいない。本物の盗賊が混ざっている気配はなかった。

「その女はいったい何ですか」

「この人は北斗の兄貴のご新造さんだ。無礼な口をきくもんじゃないよ」

青太郎が一喝すると、五人は揃って畳に両手をついた。

「大変失礼いたしました」

おかしい。菊弥は思う。盗賊かどうかはともかく、芸者をやってると悪い人たちにはよく出会う。顔を見ればなんとなくわかることも多い。

今ここに並んでいる顔ぶれには、悪人がいない。一体どういう素性の連中かは分からないが、服装と物腰からすると若旦那の集まりという感じがする。

それがなぜ盗賊なのだ。しかも、北斗が兄貴と言われているからには、しっかりと仲間に入っているに違いない。

俺はきっぱり断ったぜ、などと言っていたが、どう考えても真ん中で兄貴風を吹かしているとしか思えない。

「けっこういい男がそろってますね。はじめまして」

七尾が声をかける。

美人です、という圧倒的な雰囲気に押されて、男連中は一瞬でおとなしくなった。

「少しお話があるんですが、いいですか」

菊弥が青太郎に声をかける。

青太郎がうなずいて、奥の部屋に案内してくれた。

「わたしはお父様の坂東屋さんとは少々縁があるので、差し出がましいことを言いますが、お父様の店に盗みに入ろうとしているのは本当ですか」

青太郎は困ったような顔をして畳を見た。

「嘘ではありません」

嘘ではない。これは本当でもないということだ。つまり今となっては乗り気でもないが今更後には引けないというところだろう。

「それにしてもわからないのですが。お仲間の顔を見る限り、盗みを働くような雰囲気の人は一人もいないんですけどね」

「あいつらはみんな、商家の息子ですよ。父親にないがしろにされて、ぐれてしまっている連中なんです。といってもわたしも含めてお恥ずかしながら、ぐれ方がわからないんですよ。そうしたら北斗の兄貴が色々なことを教えてくれたんです」

「つまり、北斗が諸悪の根源ということでいいですか」

「そんなことないですよ。兄貴は本当にわたしたちのことを考えてくれているんです」

「それで、その兄貴は皆さんに何を言ったんですか」

「自分の父親の所に順繰りに盗みに入って少し懲らしめればいい、ということです」

そういうことか。菊弥は納得した。店の者全員に因果を含んでおけば、少々変わった小遣いの渡し方ということですむ。

息子も満足するし、父親も仲直りのきっかけをつかめるなら、それでもいいと考えるといったところだろう。

「もう誰か実行したんですか」

「まだです」

「いざとなったら度胸がないということですか」

「度胸の問題ではありません。確かに父親の店ですが、働いている者も数多いではないですか。その家の息子が家に押し入って金を盗んで行くとなったら、どのような気持ちになるでしょう。馬鹿息子だとそしられるのは構わないですが、真面目に働いている店のものを傷つけるのは躊躇われます」

　話を聞く限り、ものすごくいい青年である。むしろどのような理由で坂東屋と仲違いしているのか全く見当がつかない。

「一体どのような理由でお父様と仲違いをしているのですか。どちらかと言うと仲良しにすら聞こえるのですが」

「わたしが家を継いだら迷惑がかかります。商才がないのです。かといって縁を切られるほど放蕩をする度胸もない。父は店の将来を考えて弟に店を譲ろうと思っているみたいですが。決断がついていないのです」

「でもさ、わざわざ盗賊なんかしなくてもいくらだって方法はあるだろう」

「一泡吹かせてやろうと思ったんです。最近父は芸者に入れあげているらしく、このままだと芸者にも財産を譲るのではないかと思います。それならその分くらいは盗んでも罰は当たらないと思いました」

「参考までにどんな芸者なんだい」

「分かりませんが、ほとんど約束も取れないような人気芸者で、お供にやはり人気の幻の芸者を引き連れて、男の心をとろかすことにかけては柳橋一の悪女だそうです。いにしえの妲己にも劣らないそうですよ」

間違いなく自分だ。しかし、妲己とまで言われるような悪事を働いた覚えはまったくない。

「そんな芸者のことを誰が耳にいれたんですか」

「北斗の兄貴です」

一体何を吹き込んでいるのだ。本当に川に沈められたいのか、あの宿六は。

つまり、今回の盗みの計画は北斗と菊弥が原因だということになる。

「ここまではご愛敬なんですが、最近は困ったことになってるのです」

「なんだい」

「松本屋（まつもとや）という薬屋の息子がいるのですが、この松本屋というのは裏の家業が盗賊らしいのです。そして身元をばらした以上抜けることは許さないと脅されているのです」

「それこそ奉行所に相談すればいいじゃないか」

「そんなことをしたらみんなに迷惑がかかります。そうしたら北斗の兄貴がうまい方法を考えてくれると言うので今日あそこで飲んでいたのです」

放蕩息子の中に本物が混ざっていたということか。松本屋という薬屋がどんな店なのか分からないが裏で盗賊をやっているというのが聞き捨てならない。

「それはその人の親も承知のことなんですかね」

「分かりませんが独断ではないでしょう」

北斗がどういうことを考えたのかは知らないが、解決する方法は生まれた。全ての罪を松本屋に背負ってもらうことにして終了しよう。

つまり、他の息子たちは松本屋を捕まえるために協力したという形だ。

とはいっても、実の親の家に盗みに入ろうなんて息子には少々お灸を据えた方がいい。自分が捕まるのではないかとどきどきするぐらいがいいだろう。

それともう一つ、北斗の流した与太話だけは訂正しておかなければいけない。

「それはそうと、坂東屋さんは芸者に財産を譲ったりもしないし、色香に惑わされたりもしていないよ。清らかなお付き合いだからね」

「その芸者をご存知なんですか」

「わたしだからね」

隠しても仕方がないから素直に言う。

「確かに何くれとなく面倒を見てもらってるから坂東屋さんの家族からすると無駄な金を使っているように見えるかもしれないね。でも芸者っていうのは商談の役に立つものだからね。無駄な金に見えても結構役に立ってるんだよ」

それから、言葉を区切って改めて言った。

「でも、わたしがいるから親子の仲がおかしくなるって言うなら身を引くよ。青太郎さんの気にいる芸者を呼ぶといい。絶対に必要なものだからね。誰もいないってわけにはいかないのさ」

青太郎は、腕を組んでしばらく考えた。

「商談に芸者が必要というのは皆が言いますが、納得がいかないのです。商売の話をするのに酒も女も必要ないでしょう。必要なのは証文だけだと思います」

「人間は証文だけの付き合いってわけにはいかないじゃないか」

「どうしてですか。商売なんですよ。必要なのは仕入れ値と売値がどう釣り合うかでしょう。後はお客様の欲しがる染物があるかないかではないですか。もちろんこちらがおすすめすることもあるでしょうが、お客様が自分の気に入った柄を買えばいいんですよ」

すごくしっかりした考え方で、とても商才がないようには見えない。しかし、その考えはおそらく江戸では通用しないだろう。

誰に勧められたか、がとても重要な江戸の社会である。なんでも客が判断するなら店の人間はいらないではないか。

菊弥にしても、着物を仕立てる時は気に入った店の人間に相談して、いい案配に仕立ててもらう。勝手に選べと言われたら戸惑ってしまうだろう。

「青太郎さんは芸者を呼んで遊んだことはあるんですか」

「何度かはありますが、あれがいいとは思いませんね」

この問題に関しては、青太郎はなかなか手強そうだ。かといって菊弥が芸者を試してみろとは言えない。それは芸者側の思い上がりというものだ。

「しらふで証文だけというやり方で、どのくらいうまくいったんですか」

「やらせてもらえないから、うまくいったことはない」

それから、青太郎は不満そうに声を荒らげた。

「うちの父はわたしを認める気なんてないんですよ」

「厳しいことを言いますが、青太郎さんは土俵に上がる前に文句言ってるようなものでしょう。父親を懲らしめるなんて言う前にちゃんと勝負したらどうですか」

「どういうことですか」

「商売なんて屋台をひいたってできるでしょう。今日、両国で十五歳の女の子が屋台を引いて簪を売ってましたよ。人間やる気になればどんなことだってできるんです」

「しかし、屋台で布地を売るなんて聞いたこともない」

「芸者を使わない商売は聞いたことがない、と言って反対されている青太郎さんが、屋台になると今度は聞いたことがないと言うんですね」

「商売には成算というものが必要なのです」

言ってから、青太郎ははっとしたように口を噤んだ。

「なるほど、これはわたしが考え違いをしていました。おっしゃることはよくわかりました。とはいっても、作ってしまった盗賊団の後始末はしないといけませんね。一体どうしたらいいのでしょう」

「もちろん、実際に働くんですよ。盗賊をね」

菊弥が言うと、青太郎が信じられない、という顔をした。

「そんなことしたら捕まってしまうではないですか」

「もちろん捕まらないようにするんですよ。大丈夫」

「それで、どこに入るんですか」

「もちろん最初の予定通り、坂東屋ですよ」

それから、菊弥はきっぱりと言った。

「全てを丸く収めるためには、どんなに嫌でもお父様と話し合って、そしてきちんと勝負をしなければいけません。そうでなければ牢屋送りですよ」

菊弥の言葉を少し自分の中で消化して、その通りだと思ったのだろう。青太郎は力強く頷いた。

「わかりました。従います。しかし、わたしの一味は親に不満を持った人間の集まりです。わたしだけが簡単に仲直りするわけにはいきません」

「そこは場を設ける。何食わぬ顔をしてやってきてくれればそれでいいです」

「わかりました。お任せします」

「では、戻りましょう」

菊弥は話が終わると素早く席を立った。先ほどから家の中に三味線の音が響いている。それが菊弥にはとても嫌な予感を感じさせる音であった。

部屋に戻ると、残った男達は全員が七尾の虜になっている顔をしていた。

やはり、と、菊弥は唇を嚙んだ。

妲己と言う表現を使うなら七尾に使うことこそふさわしい。菊弥は男の趣味が悪いが、七尾は酒癖が悪い。

酔うと男の心を手玉にとってしまうのである。あえていうなら妲己上戸。このままではそのうち誰かに刺されてしまう、と旦那を失ったのを機に芸者をやめたのであった。

酒が入っていないときの七尾は身持ちも固く、きちんとした性格なのに、少し酒が入っただけで悪女に化けてしまう。

しかも、どうあっても自分と酒を切り離せない女なのである。

七尾の近くに空の徳利は転がっている。

「誰だい。七尾に酒なんか飲ませたのは」

「皆さんとても優しいのよ。菊弥」

七尾が蕩けたような眼で言った。

北斗といい七尾といい、前世の因縁かなにかだろうか。心の中で毒を吐きながら、菊弥は北斗をゆり起こした。

「もうたっぷり寝ただろう。さっさと帰るよ」

声をかけると、北斗が薄目を開けた。

「何でお前がここにいるんだ?」

「説明は後だ。さっさと帰るよ。七尾もね。というか、なにやってるんだい」

「住まいを教えてもらってるのよ。手紙を書くから」

鼻の下をのばしまくっている男たちを後目に、菊弥は二人を連れて家の外に出た。

相生町は両国と違って、屋台もあるが普通の料理茶屋や蕎麦屋も多い。

少し歩いて花房町（はなぶさちょう）の蕎麦屋に入る。入ったことのない蕎麦屋だが、潰れていないないならまずくはないだろう。

店に入ると、店の中は酔っ払いで満ち溢（あふ）れていた。

「満席かい」

「空いてるよ。いま酔っ払いを捨てるから待っててくんな」

店主は、床に転がって寝ている客を引きずって表に捨ててしまった。

「とっとと家に帰って寝な」

そう言うと、店の隅の席を顎で示した。

「いま空いたよ」

「いいのかい」

「あいつらどうせつけで飲んでろくに支払いもしないんですよ。まあ気が向いたら取り立てるからいいんだけどね」

無理やりあけてもらった席につく。

「うちの名物はかぶのかき揚げだ。こいつはうまいよ」

「じゃあ温かいそばみっつ」

「酒は」

「水をおくれな」

「あいよ」

店主が下がると、まずは北斗を睨みつけた。

「妲己のような悪女って誰のことだい」

その一言で、北斗はしらふに戻ったようだった。

「あの野郎、何ぺらぺらと喋ってやがるんでえ」

「喋られて困るようなことを喋るからいけないんだろう。それで、妲己っていうのは一体誰の事なんだい」

「それはお前のことに決まってるだろう」

「一体なんだってそんなこと言うんだい。人聞きの悪い」

「お前はいつだって俺にとっては妲己なんだよ。俺の心をとろとろにしてなんでも言うことを聞こうって気持ちにさせるだろう。それが悪女じゃなくてなんだって言うんだ」

冗談めかした笑顔も見せずに真顔で正面から言われると、どう返していいかわからない。こういう時に正面から褒めてくる北斗は最低の男だと思う。

そしてそんな言葉にほだされて責める気がなくなってしまう自分も駄目な女だと思

う。

「お前は俺の妲己だってさ。恥ずかしい」

七尾が笑いながら言った。

「脇からつっこみを入れないでおくれ。ものすごく恥ずかしいから」

菊弥はどうしていいのか分からずに下を向く。恥ずかしい理由は分かってる。北斗の言葉がものすごく嬉しいのだ。

とはいっても、ここでにやけてはいられない。このままではみんな破滅してしまうからだ。

「妲己というのはともかく、なんで盗賊団なんて作ったんだい」

「俺が作ったわけじゃねえよ。しかたねえな。説明する」

そのとき、蕎麦が運ばれてきた。

「ありがとう」

礼を言って箸をとる。

「まあ、食べながらでいいだろう」

運ばれてきた天ぷら蕎麦は、蕪(かぶ)と山芋をすりおろしたものをかき揚げにしていた。

ふわふわした感触だが、旨味(うまみ)はある。魚の旨味とはまったく違うが、なんともいえない美味しさだった。

「これは美味しいね。それにこの組み合わせは芸者にとってはありがたい」

そういえば、この蕎麦には葱が入っていない。菊弥は思わず店主に声をかけた。

「おやじさん、わたしは芸者だから葱はないほうがいいんだけどさ。蕎麦には普通葱が入ってるんじゃないのかい」

「馬鹿言うなよ。葱なんていう香りの強いもの入れたら、蕪の香りが台無しじゃないか。ものには何でも組み合わせっていうものがあるんだ。相性の悪い組み合わせの物を入れたら全部台無しだろう」

確かにそうだ。食べ物でも人間でも相性が一番だ。

「たしかに美味しい。お酒が欲しくなるわね」

七尾が言う。

「七尾はもう飲むな」

そう言ってから北斗に向き直る。

「それで北斗はこれをどうやって収めるつもりなんだい。まさか何の考えもなく言ってるわけじゃないだろうね」

「全然考えてないわけじゃない」

「じゃあ話してみなよ」

「一番の問題は、薬種問屋の松本屋にある」

「盗賊だって話だよね。さっさと捕まえればいい」

「今の段階では何の証拠もない。迂闊に松本屋に手を出したら、こっちの首が飛んでしまうからな」

「どういうことだい」

「同心にしても岡っ引きにしても、上から出る金なんてたかが知れてる。だから金のある商人から付け届けをもらって生活してるわけだ。そしていつもたっぷりと金をくれるのは松本屋ってことなんだよ。だからもしかしたら、松本屋が盗賊だっていうのを知っていても見逃したい連中もいるかもしれない。そうなら、迂闊なことをしたらこっちがやばいのさ」

確かにそうだ。盗賊といっても誰かを殺すわけでないなら、見逃してしまって自分たちの生活の足しにしたほうがいいと思う人間もいるだろう。

そうだとすると松本屋には捕まって欲しくないはずだ。

最悪、倅の育て方を間違えました、ですんでしまうかもしれない。そもそも、松本屋が盗賊と言うのも息子が言ってるだけで何の証拠もない。それがかっこいいと思って嘘をついている可能性もある。

「松本屋が本当に盗賊なのか、調べないといけないね」

「そんなこと言ってもどうやって調べるんだ」

「とにかく顔を見てみるよ。わたしは芸者だからね。顔を見ればある程度相手の事はわかるのさ」

「どうやって見るんだ」

「あんた馬鹿なのかい。わたしを誰だと思ってるんだ。柳橋でも名の知れた菊弥姐さんだよ。座敷に呼ばれるに決まってるだろう」

「それはそうだな。頼りにしてるぜ」

「今回は仕方ないけど、頼りにはしないでおくれ。あくまで芸者なんだから、岡っ引きの真似事(まねごと)はまっぴらごめんだ」

今回は北斗ばかりか自分まで迷惑をかけているみたいだから仕方がないが、芸者には芸者の本分というものがある。

「親父(おやじ)さんお酒」

七尾が空気をまったく読まずに言った。

これでは駄目だ。飲んだくれた七尾を抱えて北斗と話をするのは難しいだろう。いずれにしても松本屋を調べてからだ。

「とにかく松本屋と会ってくるから、あんたは青太郎さんたちをしっかりまとめ上げておいておくれ」

「任せておけ」

北斗が胸を張った。

「お前の家で話をしてもいいんだぜ」

「そんなに何度も家に男をあげられるもんかい。辺りに住んでるのはみんな芸者なんだからね。悪い噂(うわさ)が立っちまうだろ」

さっさと蕎麦を切り上げて店から出た。

店で駕籠を呼んでもらって家まで帰る。

駕籠から降りると、七尾は蕎麦屋での態度とはまったく違うしゃっきりとした様子に戻っていた。

「あんな人の多いところで物騒な話をしてはいけないよ。菊弥」

ぴしゃりと言われる。どうやら、酒に酔っていたのは演技だったらしい。

「誰が聞いてるかもわからないんだから、用心しないと駄目だよ」

確かにそうだ。普段なら菊弥も分かっているのだが、「俺の妲己」と言われて調子がくるってしまった。

「それにしても困ったもんだね。あの若旦那達は」

菊弥が言うと、七尾はにやにやと笑った。

「みんないい人たちよ。そっちは大丈夫」

「なにをやったんだい」

「あれよ。決まってるじゃない」

七尾はしれっと言った。

「え。本当かい」

そう言うと、菊弥は七尾の着物の裾をまくった。襦袢の色が白い。

「どうやって準備していったんだい」

「たしなみよ」

七尾はすまして言う。

襦袢というのは、基本は赤い。そのうえで、無地なのか柄が入るかといったところだ。しかし、白い襦袢もなくはない。ただし汚れやすいこともあって使う人間は少ない。

ただ、男にはすごく人気がある。遊女でも、白襦袢の女という名前がついてしまうほど人気なのだ。

つまり、七尾は白襦袢を見せて誘惑したということだ。

「最初から白襦袢ででかけたのかい」

「まさか。下だけとりかえたのよ」

「なんでそんなもの持ってるんだ」

「たしなみだって言ってるじゃない」

どんなたしなみだろう、と菊弥は思う。襦袢は肌着だから、芸者にとっては重要ではある。最近遊女は長襦袢という上から下まで一体になっているものを着るが、芸者は長襦袢は着ない。

だから持ち運べないわけではないが、たしなみとして白襦袢を持っている女など聞いたこともない。

「いずれにしても全員あたしに入れ込んだんだからいいじゃないか。困る人なんかいないんだからさ」

「それはそうなんだけどさ」

七尾に助けられた、と思う。

一体どんな勘の良さかは知らないが、もしかしたら男をたらしこむようなことが起こる、そう思っていたのかもしれない。

　七尾とはそれなりに長い付き合いだが、そういう怪しいたしなみを見たことはない。今回は特別というところだろう。

「いくらなんでも勘が良すぎるんじゃないかい」

「褒めてくれていいよ」

「何か隠してるね」

「知らない」

　問い詰めたとしても喋りはしないはずだ。いずれにしても味方をしてくれることに変わりはない。

「坂東屋さんに頼んで松本屋の宴席に出られるようにしてみる」

「だめだよ。なにかあったときに迷惑かかるだろ。おえん母さんに頼みな。もうじき新年会なんだからさ」

「そうだね。しかたないねえ」

　菊弥はため息をついた。

　そして七日になった。

柳橋芸者の新年会は、「万八楼（まんぱちろう）」という料理茶屋で行われる。柳橋でも代表的な料理茶屋である。店は隅田川（すみだがわ）に張り出していて、川が一望できる。景色もいいし、料理も気が利いている。ただし値段も張る。芸者にとって新年最初の大きな支出は新年会の会費であった。

会費は一人一分である。売れっ子の菊弥からすれば大したことはない金額だが、売れていない芸者にとっては結構痛い。

もちろん会費も痛いが、新年会に合わせて何かと新調しなくてはいけない。だから見た目よりもずいぶんお金がかかるのだ。

こういう時は売れている芸者が新人など、金のない芸者の会費を肩代わりする。誰に会費を払ってもらったかで、どの姐さんに義理を立てるかが決まる。だから、新年会の日は色々な意味で大変なのである。

菊弥は派閥を作るつもりはない。面倒を見るのが嫌というわけではないが、あまりしがらみを増やしたくはなかった。

そうは言っても金のない芸者はいる。柳橋には百二十人もの芸者がいる。その中で売れているのは三割程度。後の芸者はそんなに楽ではない。

世慣れた芸者はすぐにいい姐さんに擦り寄ってうまくやっている。世渡りが下手で様々な姐さんに袖にされた芸者が不思議と菊弥の周りに集まった。

だから菊弥の周りは問題があると言うか、少し癖のある連中が多かったのである。

「あけましておめでとうございます。菊弥姐さん」

笑顔で現れたのは、梅市（うめいち）という芸者である。歳は三十で、三味線の腕は柳橋でもかなり上位のほうだ。

しかし気まぐれなのでなかなか座敷に出ない。どちらかと言うと芸者に三味線を教えて生活しているという風情である。

いっそ芸者などやめてもいいような気もするが、本人からすると「柳橋の芸者」という肩書きは捨てがたいらしい。

「あけましておめでとうございます。梅市姐さん」

「会費を肩代わりして欲しいのよ」

「またですか。梅市姐さんなら、肩代わりしたい芸者はたくさんいるでしょう。そもそも姐さんに三味線を教えてもらっている人たちがいるじゃないですか」

「肩代わりしてくれる人はいても、肩代わりされたい人があまりいないのよ」

梅市は当たり前のように言った。

「分かりましたよ。ではそのようにしておきます」

「ありがとう」

礼は言われたが、礼を言うのはむしろ菊弥のほうである。芸者の中でも一目置かれている梅市がわざわざ菊弥の派閥に入ってくれるのは、なかなか大きな意味がある。

「あけましておめでとうございます」

次にやってきたのは、菊弥よりも一歳下の熊銀だった。いさましい名前だが童顔で、子供に見える。

人気の芸者で本来なら生活に困るようなこともないのだが、無類のまじない好きで、稼ぎが全部まじないの小物に化けてしまう。

「まさか肩代わりじゃないよね。あんたは稼いでるだろ」

「肩代わりです。今日のまじないで、菊弥姐さんに肩代わりしてもらえと出たんです」

「そんなまじないがあるわけないだろう」

言ってからため息をついた。こんなことで言い争ってどうなるっていうのだ。どうやったって相手は後ろに引いたりはしない。

「分かった。肩代わりする」

そんな相手を十人もした頃、おえん母さんがやってきた。

新年会のもう一つの役割が、置屋との顔つなぎである。

芸者が座敷に呼ばれるためには、置屋を通す必要がある。柳橋には置屋は三軒ある。立花屋と岡崎屋、そして菊弥がよく世話になるおえんのいる木村屋である。

置屋に睨まれてしまうと箱止めと言って出入り禁止になってしまう。そうなると芸者としては上がったりである。

だから新年の置屋への挨拶は大切である。

「あけましておめでとう」

おえんが言うと、菊弥はふかぶかと挨拶をした。芸者の挨拶は襟の後ろを相手に見せるように頭を下げるものだ。

襟足を見せるといって、客に少し色気を見せるのが大切だ。大切な人への挨拶は男でも女でもきちんと襟足を見せるのが芸者流であった。

「会費は何人分だい」

「十人です」

「まずまずだね」

半紙に一分と書いた紙を十枚渡す。芸者の世界での金はほとんどが半紙である。実際の金は置屋が芸者に払う清算金だけだ。

「ところで日本橋の薬種問屋、松本屋さんっていうのは座敷を立てるのですか」

「随分と景気はいいみたいだよ。どうしたんだい」

「呼ばれてみたいと思いまして」

「いくら払うんだい」

「そこで金を取るのかい。一本分でどうだい」

「いいよ。金額じゃないんだ。気持ちの問題だからね」

おえんが微笑む。一本というのは線香が一本燃え尽きるまでの時間だ。

遊女の料金は一晩買いきりだが、芸者は線香一本分の時間が一つの単位である。一本あたり二朱というのが相場であった。

口ききの手数料として高いかといわれるとそうでもない。ただでは働きたくないという程度の金額だと言われれば確かにそうである。

「それにしてもどうしたんだい。自分から座敷に上がりたいなんて珍しいね」

菊弥は売れっ子芸者だから、座敷を選り好みしてもいい。自分からここに行きたいと言わなくてもいい立場ではある。

だからあえて松本屋の座敷に上がりたいと言うのは確かに不思議だろう。

「最近うちの宿六が疲れやすいって言ってるからさ。良い薬屋を探してるんだけど、繁盛してる店の旦那に聞くのが一番じゃないか」

「あんたの宿六がね。確かに松本屋は繁盛してるから、良い薬を知ってるだろう。分かった。手配しておくよ」

「ありがとうございます」

「今年は元旦晴れだったから、みんな機嫌もいいだろう」

元旦が晴れだとその年は豊作だという。雪が降れば日照り。雨が降れば米の価格が高くなる。ひよりさだめという新年の縁起である。

なので、元旦が晴れだと新年からいい座敷が開かれる。勢い芸者の新年会も活気付くのだった。

挨拶が終わってしまうと、後は簡単に食事をして、少し飲んで解散である。中心になる芸者の周りに人が集まって終了だった。

新年なので魚はない。えせ精進料理で身も心も綺麗(きれい)にしようということらしい。

元日の旬といえばまずは山芋である。それからわけぎ。そして独活(うど)であった。温めた豆腐の上に、山芋と少し火の通った卵が載っている。精進料理といいつつ精はつけようというところだろう。

熱燗の熱いのが運ばれてくる。とにもかくにも体を温めようというところだ。

「お酌しますよ」

熊銀が、酒を注いでくれる。

「ありがとう」

「いえいえ。今日は年上の人にお酌をすると良いことがあるんです」

「あんたのそのまじないはさ。そんなに細かく書いてあるのかい」

「もちろんですよ。見ますか。大江戸まじない細見。御札もついてるんですよ」

「いや、いい」

まじないの本や御札は、博打（ばくち）と違って勝つこともないから、単純に金を吸い取られていくだけだ。

しかし熊銀はいつも幸せそうだから、幸せ代だと思えば高くはないのかもしれない。

「そろそろ初雪が降りそうな寒さですね」

「そうだね。確かにもう降ってもおかしくない」

「春が待ち遠しいです」

熊銀の言葉を聞きながら、豆腐に箸をつける。

山芋と卵にはからしが混ぜてあって、ピリリと辛い。温めた酒にはよくあった。

ついで椀物が運ばれてきた。

椀の中には薺（なずな）が浮かんでいる。口をつけると胡麻（ごま）と米の香りがする。米と胡麻、ごぼうや蕪、大根などで出汁（だし）をとったもののようだ。

魚の出汁とまったく違う美味しさである。

「こいつはなかなか気がきいてるね」

「そうだね」

梅市も頷く。

「会費が高いのがしゃくに障るけど、新年に美味しいものを食べるのは気持ちがいいね」

改めて椀に口をつけたとき。

目の端にいやなものが入った。

黒の地に金で鶴を描いてある着物である。

「あけましておめでとう。菊弥さん」

やや高飛車な声がした。

「あけましておめでとう。鶴吉（つるきち）さん」

菊弥も返す。鶴吉というのは柳橋でも一、二を争う売れっ子で、年齢は菊弥と同じである。菊弥としては、鶴吉が一番でまったく構わないのだが、鶴吉の方は何かと菊弥を意識して絡んでくる。

「あんた、松本屋さんに呼ばれたいんだって」

「なんだって、あんたがそんなこと知ってるんだい」

「おえん母さんが仁義を切りにきたからね」

「松本屋さんはあんたの旦那なのかい」

「違うよ。そのうちなる予定だけどね」

「いまは誰の旦那なんだい」

「いない」

鶴吉が悔しそうに言った。

それはなかなか珍しい。柳橋で根を下ろして遊ぶ商人は大抵面倒を見ている芸者がいる。やがては妾(めかけ)として囲われることも多い。

それだけに、裕福な旦那は争奪戦になることも少なくはなかった。

芸者は遊女と違って簡単に身を任せるものではない。だから深い仲になるには遊女よりも金も時間もかかるものだ。

「それにしても、柳橋で一番のあんたが、旦那でもない松本屋にいれこむっていうのはどういうことなんだい。旦那なら選び放題だろう」

「そうなんだけどさ。なんだか気になっちゃうんだよ。それに旦那ではないんだけどお金の面倒は全部見てくれるんだよね」

「それは単純に夜の方が全然駄目っていうだけなんじゃないかい」

「それならいいんだけどね。いい人がいたら別の旦那を捕まえてもいいって言うんだよ。自分は金を出してるけど旦那面をする気はないんだって」

「そいつは本当に変わってるね」

　金を持ってる男は独占欲が強い。自分が浮気をしたとしても相手の浮気は決して許さない。坂東屋のように北斗は別腹というのも相当変わっているのである。

「それであんた、わたしが松本屋さんを狙ってると思ったのかい。わたしの旦那が坂東屋さんだってことを知らないわけじゃないだろう」

「そうだけどさ。気まぐれ起こされたら面倒じゃないか」

　鶴吉が不満そうな表情を見せる。勝気で高飛車という評判の鶴吉がこういう態度をするというからには、金ではなくて惚れているところがあるからだろう。

「うちの宿六が最近体力がないから、薬のこと聞きたいんだよ。座敷で尋ねた方が内緒の話が聞けるかもしれないだろう」

「確かにあの旦那は薬のことはものすごく詳しいからね」

鶴吉が自分のことのように胸を張った。

「とにかく世話になるよ」

菊弥は頭を下げた。

「そう殊勝に出るならこちらも認めてやらないでもないよ」

そう言うと鶴吉は去っていった。

「一体何だろうね。あれは」

梅市が呆れたような声を出した。

「健気(けなげ)な乙女心ってやつだね」

それにしても、松本屋が解せない。帰ってから北斗に相談することにした。

食事が終わった後、皆で散会する。次の会に行くものも多いが、菊弥は今日のところは帰ることにした。

昼を過ぎると、つむじ風が強くなる。土ぼこりも多い。新年の江戸の町は冷たい風との戦いとも言えた。

下から風が吹いてくるからすそが捲(まく)れ上がって女はなかなか大変である。店を出ると七尾が待っていた。

「あんたも新年会に加わればよかったじゃないか」

声をかけると七尾は首を横に振った。

「芸者じゃないからね。遠慮しとくよ」

七尾がまざってても文句を言う人間はいないと思うが、そこは七尾自身が一線を引きたいところらしい。

「おかえり」

なんと北斗まで待っていた。

「何であんたまでいるんだい」

「箱屋だからな。芸者を心配して待ってるのは普通だろう」

「そんなことめったにしないじゃないか」

「細かいことはいいだろう。それで松本屋の方はどうなんだ」

どうやら座敷のことが気になって待っていたらしい。お務めに熱心なのは結構なことだが、それならお前のことが心配だ、などと言わなければいい。

「松本屋さんの座敷には上がれることになったよ」

「そうか。そいつは何よりだな。俺はさ、松本屋のせがれと飲んだぜ」

「あんたにしては上出来だね。どうだったんだい」

「それがよ。あの一味はみんな父親と仲が悪いんだけどよ。松本屋だけが父親と仲がいいんだ。尊敬してるみたいだな」

「尊敬してる父親が盗賊だっていうのは、どう思ってるんだい」

「そこも含めて尊敬してるみたいだ」

盗賊を含めて尊敬というのは菊弥には分からない。

「なんだって盗賊を尊敬できるんだい」

「ある所から取って、ない所に流してるからだそうだ」

「義賊ってことかい。どこかに金でも渡してるのかい」

「似たようなもんだな。貧乏人からはほとんど金を取らない医者っていうのがいてよ。こいつにただで薬を流してるみたいだ」

医者からするとありがたい存在だろう。松本屋が盗賊だというのは医者は知らないだろう。

「松本屋をひっくくるのはいいんだけどよ。下手すると医者まで罪に問われるかもしれないからな。それは後味が悪い」

「いくらなんだって、医者が罪に問われることはないだろう」

「それがあるんだなあ。だから俺達岡っ引きが嫌われるんだよ」

「どんな罪なんだよ」

「儲(もう)けてる医者の足を引っ張る罪かな」

「なんだい。その罪は」

「お前、俺たち岡っ引きが人殺しとか、盗みのことをいつも調べてると思ってるんじゃないだろうな」

「そりゃ思ってるよ」

そんなこと言っても、十手を持って街中を歩いている岡っ引きがいれば、犯罪の数は減るだろう。

「もちろんそういうこともするけどよ。俺たちの仕事はそっちは半分もないな」

「じゃあ普段は何をしてるんだい」

「因縁をつけてゆすったりたかったりするのが仕事かな」

「そいつは仕事じゃないだろう」

「いや。まさにそいつが仕事なんだ。俺はやらないけどな」

「どういうことだい」

「人殺しや盗賊というのは置いておいてよ。お上にとって罪っていうのはお上の権益を脅かすことなんだ。お前だって芸者やってるんだから分かるだろう。本物の芸者は吉原だけで、あとの芸者はお目こぼしで芸者を名乗ってるだけ。その証拠に白い襟をまとえるのは吉原芸者だけじゃねえか」

確かにそうだ。いくら柳橋が人気だと言っても、正式に芸者を名乗れるわけではない。幕府公認なのは吉原芸者だけなのである。

「岡場所だって認められてないからいつだってひっくくれる。ただよ、岡場所の連中がお目こぼし料を払ってるから見逃してるだけさ。俺たち岡っ引きの給金なんて、ほとんどが岡場所の女から巻き上げた金だからな」

それから北斗は慌てたように言った。

「俺は違うぜ。俺はそういう金を受け取ってねえ。お前からもらってるからな」

北斗の言葉に、七尾が笑い出した。

「女から巻き上げた金で生活してるって意味では同じじゃないか」

「全然違うだろう」

北斗が口をとがらせた。確かに、顔も知らない遊女から巻き上げるのと、自分の女から巻き上げるのは違うだろう。

しかし、どちらの罪が重いかは正直わからない。

「まあ、あんたがわたしから巻き上げるのは仕方ないね。こっちとしても男の趣味が悪いのは自分ではどうにもならない」

「それは俺に惚れてるから貢いじまうってことでいいのかな」

北斗がにやにやした。その態度に少々カチンとくる。一体北斗のどこが好きで貢いでいるのか自分にもわからない。

別れた方が幸せになれる、と頭で考えるのだが、心の方が北斗と別れたくないのだから因果としか言いようがない。

「まあそこはいいよ。それで今回の件はどこに落としどころがあるんだい」

「松本屋から金を受け取って盗賊団を逃がす、それが一番平和だな。盗んだ金はもう返ってこないんだしよ」

「でも、そんなことをしたらあんたが罪に問われるんじゃないのかい」

「松本屋が盗賊だなんて誰も知らないんだから平気だよ」

「それなら松本屋がとぼけるかもしれないだろう」

「それをさせないために坂東屋に押しいってもらうんじゃないか。現場を押さえてから逃げるように口説くんだよ」

「しかしそれって悪いことなんじゃないのかい」

「なんでだよ。俺たちは金が入って嬉しい。松本屋は逃げることができて嬉しい。坂東屋は親子仲が戻って嬉しい。嬉しいことしかないじゃないか」

そう言われれば確かにその通りだ。しかしそれはどう見ても悪人の理屈ではないか。とはいってもここで誰かを捕まえても、確かに幸せになる人間はいない。松本屋には今後の人生で功徳をほどこしてもらうしかないだろう。

「俺の言うことは間違ってるか」

北斗が念をおしてきた。

「間違いしかないけどね。でもそれが一番のみんなの幸せだってならしかたない。わたしは芸者だからね。何でも奉行所の言う通りっていう風には思わないさ」

それだと鶴吉はどうなるんだろう。そこだけが心配だった。

いずれにせよ松本屋と会って顔を見てから決めるべきだろう。

とりあえずは松本屋の座敷を待つことにしたのだった。


十一日の蔵開きが過ぎると、そろそろあちこちの座敷からお呼びがかかり始める。蔵開きというのは要するに仕入れの開始で、様々な商人が活動を開始する日である。

さすがに十一日当日は座敷で遊ぶことはあまりないが、翌日の十二日は新年の顔見せがてら座敷に呼ばれることは多かった。

鶴吉は松本屋に呼ばれているらしい。菊弥のところに連絡があった。

「結構あっさり繋がるもんだね」

七尾に言うと、当たり前という顔で頷く。

「売れっ子ならどこだって繋がるよ。反対に売れてなかったらみんな煙たがって呼ばないって」

「確かに世の中はそういうもんだね」

菊弥は納得する。

「それよりも松本屋は川長を使っているんだね。なかなかやるじゃないか」

七尾が手紙を見て感心する。川長は、柳橋の中では小ぶりの料理茶屋である。何十人も入る大きな座敷は作れない。

客はせいぜい四人から六人といった座敷が四つ立てばいいところだ。その代わりいい料理人を抱えていて、料理の味で言うなら柳橋一と言われている。

店が小さいので新年の約束を取り付けるのは大変だ。かなり羽振りが良くないと川長の座敷は取れない。

どういう偶然かは知らないが、坂東屋も座敷を立てていた。

これは芸者にとっては少々面倒くさい。馴染みの旦那の居る座敷が同じ料理茶屋である場合は、片方を無視もできない。

遊女と違って芸者の場合は中座して他の客の座敷に出ることもできる。「貰い」という習慣で、江戸の旦那衆は芸者の顔を立ててくれるのだ。

ただしこれは江戸だけで、上方の芸者は決して中座しない。浮気は認めない。だから芸者は江戸のほうが少し気が楽だと菊弥は思っていた。

川長まで行くと、鶴吉が先に着いていた。

「今日はわたしの座敷だからね」

鶴吉が念を押す。座敷に上がる芸者には序列があって、ご祝儀にしても全員が受け取るわけではない。あくまでその座敷に呼ばれた芸者の代表が受け取って後で分配するのである。

だから芸者にとっては序列というのは大変に大切なのだ。

菊弥は割と序列にはゆるいのだが、代表になることは多い。

鶴吉の後ろには若い芸者が六人いた。言ってしまえば鶴吉派というところだ。新年の座敷に呼ばれるのは貴重である。

羽振りがいい旦那なら、座敷に来た芸者全員にお年玉を振舞ってくれる。だから売れていない芸者などは新年の座敷は特にありがたいものだ。

鶴吉の周りの若い芸者たちが菊弥を睨む。場を荒らしに来たのかと警戒されている。

「わたしはうちの宿六に飲ませる薬の事を聞きに来ただけだから、松本屋さんの座席に度々上がるつもりはないよ」

菊弥が宣言すると、明らかに場の空気が和んだ。

「宿六さんどうかしたんですか」

亀有という若い芸者が心配そうな顔になった。そうはいってもこれは嘘の心配で、後で噂にして楽しむつもりなのだろう。

よほどの関係がない限り、芸者の心配などは信じられるものではない。菊弥本人にしても、本当に心配する相手は限られている。

「うちの宿六、あっちの方が駄目なんだよ」

菊弥が真剣な顔で言う。噂が広まって少し恥ずかしい思いをすればいいと思う。人に金をたかっている報いというものだ。

「それは大変ね」

亀有の顔がきらきらと輝いた。これはもう、数日のうちに柳橋中を駆け巡るだろう。

そして菊弥に対する警戒心もすっかりなくなっていた。

「こんばんは。ありがとう」

挨拶をして座敷に入る。

松本屋は泰然として座っていた。顔を見る限り、悪党の顔ではない。むしろ器の大きい苦労人の顔をしていた。

単純に松本屋の息子が嘘をついているのかもしれない。

「あけましておめでとうございます」

鶴吉の挨拶に合わせて全員が襟足を見せる。

「あけましておめでとう」

松本屋が満足そうに頷いた。

料亭は、何人も人を連れてきて接待として楽しむ人と、自分は一人で芸者と楽しむ人がいる。一番多いのは両方楽しむ人間である。

今日のところは芸者にお年玉をあげるために一人なのだろう。何人も商人がいるところでお年玉をあげれば豪快なイメージはつくが粋ではない。ひっそりとした座敷で目立たないようにお年玉をあげるほうを選んだに違いない。

「まずはこれだ」

松本屋は鶴吉に封筒を渡した。中には金額を書いた紙が入っている。紙花と呼ばれるこの紙は旦那の気分で反故(ほご)になるから、信頼できる旦那はもてる。

「これは下足番の分」

「それから包丁人の分」

「これは庭を掃除していた丁稚の分」

松本屋は、自分の眼に見えない人々へのお年玉を最初に渡した。これはかなり分かっている人のやることだ。

それからやっと芸者の番である。

「お前たちは他の客からいくらでも稼げるだろうから、わたしのお年玉はいらないだろうけどね。一応心付けを渡しておくよ」

そう言って鶴吉に渡す。

どう見てもなかなかの人物である。しかし、盗賊という傷を抱えているから人格者になっているということもある。

正月なので、全員が一杯ずつ酌をする。といっても人数が多いと酔ってしまうから、今日の酒は半分お湯で割ってある。

酒のお湯割りということで安心して飲めるのだ。

「おや。見かけない顔だね」

「菊弥と申します。今日は鶴吉姐さんに無理を言って座敷に声をかけていただいたんです」

「ああ。あなたが菊弥さんか。気風のよさで名が通ってるね。それにしてもなんだってわたしの座敷に来たかったんだい」

「うちの宿六が少々夜の元気がなくて。良い薬をご存知かと思ったんです。はしたない話をして、どうもすみません」

菊弥が言うと、松本屋は楽しそうに笑った。

「そうかい。それは大変だね」

「いい薬がありますか」

「ああ。とっておきがあるよ。明日うちに取りに来るといい。お代はお年玉ということにしてあげよう。その代わり今日のお年玉は無しだよ」

「ありがとうございます。とても嬉しいです」

その会話に鶴吉が割り込んだ。

「そちらのお年玉の方が、わたしのお年玉より高いんじゃないですか。金額などどうでもいいのですが。今日来た芸者の後ろに回るのは少々悔しいです」

確かにそれはそうだ。芸者なら誰だって悔しいだろう。かといって菊弥のほうから遠慮することもできない。

結構面倒くさい女同士の嫉妬である。

松本屋は顔色ひとつ変えずに頷いた。

「たしかにこれはわたしの落ち度だね。すまなかった。鶴吉」

松本屋は頭を下げた。そして懐から一本の簪を取り出した。鶴をあしらった簪で、遠目からでも高価なものだというのは見て取れた。

「これを受け取ってくれないか」

「これは？」

「今年の干支は寅年だがね。わたしの干支はいつでも鶴なんだよ」

松本屋の言葉に、座敷が声のない声で包まれた。これはなかなか強力な口説き文句である。鶴吉も、売れっ子芸者とは思えない態度で頬を染めていた。

しかし、菊弥はまったく別のことを考えていたのである。

この言葉は少々嘘くさい。もし本当にそんなことを思っているなら、きちんと鶴吉の旦那になるだろう。距離をあけつつこれはおかしい。

こうやっておけば、松本屋はずっと日本橋で商売を続ける、と誰もが思うだろう。何か大仕事をして江戸からいなくなるという考えもできる。

もしそうだとしたら、盗みの日は近い。理由は単純で、昨日が蔵開きだからだ。

蔵開きというのは仕入れを開始する日である。商人にとっては本格的な仕事始めということになる。仕入れの場合は掛売りもあるが、現金で払ったほうがいいものが多く届くから店の中には現金が置いてある。

時期によっては現金は寺に預けてしまって店にはないということもあるから、蔵開きは盗賊にとってはいい機会なのである。

もちろんその分警戒もされているが、慣れた盗賊からすると大したことはない。

何千両も盗めば大事になるだろうが、百両程度ならお年玉として諦めてしまう商人たちも少なくはない。

松本屋が盗賊として噂になっていないなら、節度のある盗みを心がけているのだろう。自分が商人だけに、相手が納得できる金額で抑えていると思われた。

「では新年のご挨拶を」

そう言うと、鶴吉が三味線を手に取った。菊弥も並んで三味線をとる。

「江都(こうと)の名花のそろい踏みとは嬉しいね」

松本屋は嬉しそうに手をひとつ叩いた。

これはなかなか遊びに慣れている。しかも芸者だけではなく、句会や書画骨董(こっとう)の会にも出ているに違いない。

そういった通人は江戸とは言わずに「こうと」と言う。文化人の使う言葉のようなものがあって、その中の一つだ。

　鶴吉が、心が浮き立つような音を奏で始めた。ちらっと菊弥のほうを見た表情は苛立っていたから、なかなか見事なものである。

　三味線は心の中と音が響き合ってしまうから、いらいらしているとなかなかいい音にはならない。

　機嫌の悪さをまったく音に出さないというのは芸者の鑑と言えた。

　弾き終わると、松本屋が懐から紙花を出した。

「これは三味線代だよ」

　鶴吉が嬉しそうに受け取る。

「では失礼します。またお邪魔します」

　そう言うと菊弥は席を立った。坂東屋のところに行くためである。

「ごめんなさい。ありがとう」

　座敷に入ると、七尾が三味線を弾いていた。他には誰もいない。菊弥を待つために座敷を立てたに違いない。

「本当にありがとうございます」

　菊弥はあらためて頭を下げた。

「いやいや。こちらこそ贅沢をしているよ」

坂東屋は楽しげに笑うと、それから表情を引き締めた。

「ところでどうなんだい」

商人というよりも父親の顔で坂東屋が言う。

「商才がないから父親に愛されないと言っていましたよ」

「商才と愛情は関係ないというのに」

坂東屋は悲しげに目を伏せた。

「それに関して、差し出口をしてもよろしいですか」

「いいとも」

「青太郎さんは、商才はあるのではないでしょうか」

「どういうことだい」

「慳貪蕎麦が繁盛していないというものでもありません。青太郎さんの考えているのは慳貪太物屋でしょう。それはそれで上手くいくかもしれませんよ」

「そこに客はいるものだろうか」

「わたしは何くれとなく面倒を見て欲しい方だから、布を売ってるだけというのは寂しく感じます。でも、欲しくもない生地の説明を長々受けていると思う客もいるでしょう。自分の好きなものを安く買えるならその方がいいという客は必ずいます」

「太物屋というのはお客様と話し合ってこそ価値があると思うんだがね」

「今いるお客は確かにそうでしょう。でも、古着を買うよりはお金があるけど、太物屋の格式は高いという人もいますよ。なにはともあれ、一度青太郎さんの納得いく形で店を出してみたらいかがでしょうか」

坂東屋が、厳しい表情を見せた。

「うちの看板というものがあるからね。それは簡単には行かないよ」

「暖簾（のれん）をわけろなんて言ってませんよ。屋台でやるんです」

「屋台で太物を扱うというのかい」

「そうです」

菊弥が言うと、坂東屋はしばらく黙っていた。不機嫌になっている様子はない。純粋に何か考え込んでいるようだった。

「わたしは少々歳をとったんだね。ありがとう」

歳をとった、ということとお礼が繋がらずに、菊弥は少々戸惑った。

「菊弥はまだ若いからわたしの気持ちは分からないだろうね」

それから坂東屋は嬉しそうに笑った。

「息子に商才があると言われて嬉しかったんだよ。それにね、新しいものに反発するのは老人の悪い癖だ。越後屋だって店先で安い布地を売っている。屋台で太物を扱えないなんて誰が決めたことでもないだろう。息子の言葉だというので必要以上に軽んじていたのは間違いない。それが息子を追い詰めていたのだとしたら、まさに恥じ入ることだ」

「では、屋台の件はどうですか」

「もちろん認めるさ。それで盗賊の話はどうなんだ」

「松本屋さんからは、まったくそういった気配がないですね。そうは言っても息子さんがわざわざ嘘をついているとも思えないので、罠は張ってみようと思います」

「分かった。しかし、頼みがあるのだ」

「何でしょう」

「松本屋さんをけして罪に問わないでほしい」

「どういうことですか」

「あの人はまったく見上げた人物だ。たとえ本当に盗賊だったとしても、その罪を帳消しにするぐらい様々な人々の役に立っている。あの人の盗みで店が潰れたということもおそらくはないだろう。だからなんとか見逃してほしい」

「かしこまりました」

菊弥は答えた。日本橋の商人としては、おそらく坂東屋の気持ちが代表なのだろう。後はうまく仕掛けを作るしかない。

「さしでがましいようだが、これを受け取って欲しい」

坂東屋が懐から切り餅を二つ出した。五十両である。紙花ではないということは、これは芸者としての金ではないということだ。

「これはどのようなお金ですか」

「わたしの頼みを実行するには金がかかるだろう。足りなければまだ出すが、当面の資金としてこれを使ってほしい。余れば手間賃で構わない」

「わかりました。いただきます」

そう言って受け取ったが、一体どうしたらそのようなことが可能なのか、さすがに見当もつかなかった。

その後の座敷は無難にこなすと、菊弥は部屋に戻ったのだった。夜になればどうせ北斗が訪ねてくるに違いない。

日が暮れた頃、思った通り北斗が家まで訪ねてきた。こちらからの相談があるから火鉢の前に座らせる。

「俺が恋しかったか」

「馬鹿なこと言ってるんじゃないよ。家にあげたくないけど外で話せないから仕方なくあげてるんじゃないか。あんたが恋しいぐらいならその辺うろついてる野良犬の方がまだ恋しいよ。勘違いはやめておくれ」

菊弥の隣に座っていた七尾が思わず吹き出した。

「ちょっとそれは酷いんじゃないか」

「どこが酷いんだか言ってみな」

「ごめんなさい」

北斗が頭を下げた。少し調子に乗りすぎたと思ったんだろう。

「分かればいいんだ。それで相談なんだけど」

言いながら、切り餅を一つ北斗の目の前に置いた。

「こいつは気前がいいな。坂東屋からか」

「もちろんだよ。それでね、松本屋が盗賊なのかはともかく、罪に問わないでほしいっていうんだよ」

「どういうことだ」

「日本橋にとっては大切な人なんだってさ。だからなんとか、松本屋を罪に問わない方向でまとめて欲しいと言うんだ。これはその手付けさ」

「へえ」

北斗はするりと切り餅を懐にしまった。

「いいぜ。何とかしてやるよ」

「いい考えがあるのかい」

「聞きたいか」

「当たり前だろう」

「じゃあ襟足を見せてきちんとお願いしてくれないかな」

ふざけるな、と一瞬思ったが、菊弥のほうも、北斗はあっちのほうが全然駄目という噂を流しているから、そのくらいはいいかもしれないと思った。

痛み分けというやつである。

「どうかお願いします」

頭を下げると、北斗は子供のような顔で喜びを見せた。

「こいつは俺じゃなくて、同心の佐久間様の出番だな」

「このへんの定廻り（じょうまわ）りかい」

「そうさ。この人に十両ほど握らせて何とかしよう」

「見逃してもらうのかい」

「いや。違う。みんなが見守る中で盗賊をしてもらうのさ」

北斗は自信ありげに笑ったのだった。


松本屋は日本橋の本町三丁目にある。ここは薬種問屋の町だ。この一角だけで薬種問屋が二十軒も並んでいる。

そのせいか、通り自体が漢方薬の匂いをさせている。

松本屋は、薬種問屋のいわしやと岸部屋(きしべや)に挟まれるようにしてあった。松という字を丸で囲んだ店章である。

行列はできていないものの、ひっきりなしに人が出入りしている。

中に入ると、まだ若い手代が出てきた。

「なんでございましょう」

「松本屋さんに、菊弥が来たとお伝え願えますか」

そう言うと、手代の顔が輝いた。

「例の件ですね。わかりました」

手代が奥に引っこんでいく。これはなかなか恥ずかしい。この相談は夜の生活そのものだ。店先で裸になって騒ぐような気持ちになる。

松本屋がすぐにでてきた。手に袋をふたつ持っている。

「青い袋は男性用。赤い袋は女性用です」

「一つはわたし用ということですか？」

「青い方は蝮とすっぽんの粉が入っている。どんな男でもすぐ元気になるのだけど、元気になりすぎるのですよ。そういう時はね、この赤い袋の粉。これは山椒魚の粉なのですよ。山椒魚は効きすぎて男にはつらい。しかし、女性が飲むと男性の蝮ととても相性がいいのです」

松本屋は、店先で大声で説明する。今晩励みますと言っているようで、菊弥としては身の置き所がない。

「ありがとうございます」

礼を言って、そそくさと店から出た。

菊弥と入れ違いに、男が三人ほど店の中に入っていく。

「蝮ってのをくれ。ああいう美人向きの」

宣伝に使われたらしい。

顔が赤くなるのを感じながら、菊弥は松本屋から逃げ出した。

年明けの奉行所は、基本的に書類整理に追われている。年中追われてはいるが、新年は格別に多い。

南町奉行池田頼方（いけだよりかた）は、新年早々、書類の山と戦っていた。奉行所には口頭での指示というものはない。すべて書類による指示だ。したがって町奉行の仕事は書類との格闘がほとんどである。

その上、池田の前任者は遠山景元（とおやまかげもと）といって、庶民には大変人気のある奉行だった。池田は後任だから、何かと言うと遠山様はこうじゃなかったと言われて庶民からの風当たりは強い。

先祖代々貧乏くじを引くのは得意なのだが、さすがにそろそろあたりを引いてもいいだろう。

と言っても池田家は実務能力は大変に評価をされている。頼方にしても傍目（はため）から見れば出世街道をひたすらに走っているように見えるだろう。

人望はあるが人気がない、という不思議な状況であった。

「池田様、少し変わった申し出があります」

内与力の寺内新（てらうちあらた）が、興味深そうな声を出した。寺内は池田の子飼いの与力である。

奉行所の与力は世襲制みたいなものだから、奉行との人間関係はない。奉行からすると敵地に乗り込むようなものだ。

そのため、奉行と元から人間関係のある人物を、奉行の腹心として起用するのである。現場の指揮官という役割だが、奉行が変わると同時に変わる職務で、通常の与力とはまったく違うものだった。

寺内は、真面目ではあるが遊び心に富んでいる。何かと言うと庶民を締め付けたがる役人が多いので、なるべくゆるい腹心をおきたかった。

寺内は、まさに遊び心満載という感じで手紙を読んでいた。

「なんだ」

「盗賊に入られた時のために、店の人間が訓練をするゆえ、誤解を招くかもしれぬ、という書面が出ております」

「どこからだ」

「柳橋の定廻り同心、佐久間守弘（もりひろ）からでございます」

「それは随分と変わった申し出だな。まさかと思うが盗賊と手を組んでいるようなことはあるまいな」

「佐久間に限ってはそのようなことはないでしょう。あやつは真面目すぎてろくに賄賂も取れず、女房の内職でなんとか暮らしているような男ですからな」

「それで本当に役目は大丈夫なのか」

「あそこの女房殿はとにかく手先が器用でして。房楊枝を削らせたら右に出る者がいないということで、気の利いた料理茶屋ではひっぱりだこです」

「そうか。真面目に仕事をすると、女房の稼ぎじゃないと暮らせないというのは大きな問題だが仕方がないな」

「女房に探索まで任せないだけましでしょう」

「そんな女房がいたら、同心ではなくて女房殿の方に十手を渡してしまうけどな」

池田はそう言って笑うと、佐久間の申し出を考えた。商人が自分で盗賊の対策をするというのは悪いことではない。誤解を受けるというのは、盗賊役の人間を捕まえるなということだろう。

訓練をするのは坂東屋という商家だ。日本橋の太物問屋でなかなかの豪商である。盗賊のことが気になるほどの稼ぎには違いない。

「分かった。あまり派手にならないようにと伝えよ」

もしかしたら新しい宣伝の方法かもしれないが、そのくらいはいいだろう。

なんということなく、池田は許可を出したのであった。

「こいつはなかなかすごいね。訓練に見せかけて捕まえるってわけかい」

菊弥は真面目に感心した。

「雰囲気を出すために、岡っ引きは本物を揃える。同心の手を煩わせるとめんどくさいからな。岡っ引きとがらっぱちだけでやる」

がらっぱちというのは岡っ引きの子分である。本来は騒がしいチンピラのことを指す言葉なのだが、そういう連中を岡っ引きが弟分として使うので、最近では岡っ引きの手下のことをがらっぱちというようにもなっていた。

「あいつら雰囲気がよくないからね。悪さをさせるんじゃないよ」

「店の外に立たせておくだけだから大丈夫だ。岡っ引きは俺と、掏摸(すり)十手の昌(まさ)。サイコロ十手の三左(さんざ)。それにかどわかしの喜一郎(きいちろう)だ」

「なんだいそれは。どう考えても盗賊よりもタチの悪い名前が並んでるね。それから本当に岡っ引きなのかい」

「罪を犯してねえ岡っ引きなんて使い物にならないだろう」

「あんたは」

「箱屋の北斗だ」

「つまり、あんたは十手をちらつかして箱屋仲間の中ででかい顔してるんだね」

「その代わり柳橋のことはよく知ってるぜ」

北斗が笑う。きっと箱屋界隈ですごく迷惑をかけているに違いない。世間の箱屋さん、すみません。

思わず心の中で詫びを入れてしまった。

「まあそいつらでもいいけど、騒ぎにならないように気をつけておくれ」

「大丈夫だよ。終わった頃にはお前は俺に惚れ直してるから」

「はいはい」

菊弥がため息をつくと、隣であらためて七尾が笑い転げたのだった。


少し時間が経った十四日の夜。菊弥は七尾とともに年越し蕎麦を食べていた。十五日の小正月を迎えてからが本当の年明けだという考えもあるので、この日の晩に食べるのが年越しそばである。

晦日に食べるのは晦日そばだから、少し違う。

「七尾って酒と男にだらしないところを除けば完璧な女だよね」

「酒と男にだらしないって、瑕としては相当なもんだと思うけどね。自分で言うのもなんだけど」

　七尾はそう言いながら、美味しそうに火鉢で温めた酒を呷った。

　つまみは蕎麦である。蕎麦は買ってきたものを茹でただけだが、つゆは七尾が作っていた。

「これならいつでも蕎麦屋がやれるよ」

「何十人もの量を作るのは無理さ。手慰みだからうまく作れるんだよ」

「七尾と暮らせて幸せだよ」

「あたしも菊弥とが楽だね」

　二人でクスクスと笑ってると、三和土から怒ったような気配がただよってきた。

「いったいなんだって俺はこの冷たい三和土の上で蕎麦を食べないといけないんだ」

　北斗は、菊弥の家の三和土の上で胡坐をかいていた。もちろん地面の上ではなくて茣蓙は敷いてある。

「何か言いたいことでもあるのかい。茣蓙も敷いてあるし、目の前に火鉢もあるし、蕎麦も酒もあるだろう。どこに文句があるのか、まったくわからないね」

「何で畳の上じゃなくて三和土の上なんだよ」

「そこが本来のあんたの席だよ。お情けで畳の上に上がったことがあるからっていい気になるんじゃないよ。そんなの一回寝ただけで男ヅラするヒモ野郎みたいなもんだ」

「お前本当にひどいこと言うな。お前のために一生懸命働いてきた俺に対して投げつける言葉がそれなのか」

「あんたの言葉が納得いくもんだったら畳の上にあげてやるよ。だからさっさと言ってみな。もったいぶる男は価値が低いんだよ」

　菊弥の言葉に北斗が舌打ちした。

「押し込みは明日だ。引きこみは青太郎。人数は俺を入れて十人だ」

「青太郎さんの盗賊団五人を除けば、松本屋とその仲間が合わせて四人ってことかい」

「どいつもこいつもなかなかやる連中だな。捕まったこともなければ誰かを傷つけたこともない。そもそも相手が本当に盗まれたのかどうかも気が付かないらしい」

「いくらなんでも気が付かないってことはないいんじゃないかい」

「放蕩息子がいる家だけ狙ってきたらしい。また若旦那か、ですむらしいぞ」

　確かにそうだ。放蕩息子の使い込む額の方が盗賊に盗まれる金よりも多いというのはありがちだろう。

「明日っていうのは理由があるのかい」

「もちろんだ。吉原は今日から十八日までが年越しだからな。今日なんかは若旦那たちは吉原で年越し蕎麦だろうよ」

吉原は夫婦ごっこや恋人ごっこが大好きである。二人でしっぽり年越しそばというのは遊女にとっては良い稼ぎであった。

十八日まで新年というのは、何度も繰り返して年越しをするのだろう。

年越しの日に若旦那が浮かれてしまって店の金を摑んで吉原、というのはありそうだ。店の方としても十五日の夜というのは新年を迎えたということで気が緩んでいる。

「なかなかよく考えて押し込むんだね。今日なんかは確かにいい人としっぽりと行く連中も多いだろう」

「なのに俺は三和土の上だけどな」

北斗が不満を隠そうともせず酒を呷った。

「頑張ってるのに手酌だぜ」

まるですねた子犬のようになっている。

「今日はこっち側でもいいじゃないかい」

七尾が助け船を出した。

「甘やかすと癖になるんじゃないかね」

「年越しなんだからいいだろう」

「さすが七尾はわかってるね」

北斗は徳利を手に持つといそいそと菊弥の前にやってきて腰をすえた。

「これこれ。やっぱり畳じゃないと寂しいよ」

可愛らしい笑顔になる。今日は少し冷たくしようと思ったが、これで終了となりそうだった。

「今日のところはお酌してあげるよ。その代わり明日はしっかり頼むよ」

「もちろんそれをやるんだけどよ。お前にも来てほしいんだ」

「何のために?」

「そりゃもちろん、三味線を弾くためさ」

「こう言っちゃなんだけど、捕物なんだろう。どうして三味線の出番があるのかまったくわからないね」

「相手に引導を渡すのにその三味線がいるんだよ」

北斗が何を言ってるのか、まったくわからない。しかし、三味線ぐらいで丸く収まるならいくらでも弾くというものだ。

「俺は仕込みをしてくるぜ。明日誰かに手紙を届けさせる」

そう言うと、熱燗を一気に呷って北斗は出ていった。

「三味線っていったいなんだろうね」

菊弥が肩をすくめる。

「まあいいじゃないか。あんたの宿六は、あれで岡っ引きとしてはなかなか腕が良いんだ。信じてもいいだろう」

人から腕が良いと言われるとなんとなく嬉しいのだが、それ以上に迷惑をかけている気がする。

「とにもかくにも明日を待つしかないね」

今日のところは寝てしまうことにした。

そして翌日。

菊弥は思わぬ窮地に立っていたのだった。


どうしてこうなった。

菊弥は冷や汗が出るのを感じながら、こわばった笑顔を作った。

「親子共々大変お世話になります」

菊弥に頭を下げたのは、坂東屋善兵衛の妻、たつであった。

「いえ、こちらこそいつも贔屓にしていただいて。こういうことを言うのもなんですが、旦那様とは清らかな関係です」

混乱して自分が何を言っているのかよく分からない。しかし、相手の妻に会うというのは芸者としてはなかなか厳しいのである。

たつは楽しそうに笑った。

「こんなべっぴんに相手をしてもらえるなら、家の役立たずでも少しはお役に立てるんじゃないですかね」

たつはいかにも勝気そうで、凜とした風情だった。こういう妻に支えられているなら安心して仕事ができそうだ。

しかし息子の立場からすると、少々息苦しいのかもしれない。もう少しゆるく生きたかったというところだろうか。

「なるべくご迷惑をかけないように頑張ります」

菊弥が言うと、たつは面白そうに菊弥を見つめた。

「迷惑をかけてるのはうちの息子だからね。そこは勘違いをしないでいただきたいわ。もっとふんぞり返っていいのよ」

「そんなことできませんよ」

坂東屋夫妻と菊弥がいるのは店の奥で、普段は使わない部屋である。ここに隠れていて頃合いを見計らって三味線を弾くことになっていた。

北斗が盗賊が入ってくるのに合わせて、声をかけてくれるらしい。北斗が言うには、盗賊の足音はまず聞こえないので聞き漏らしてしまうからだ。

しばらくして、北斗の声がした。

「これはたんまりお宝があるなあ」

ものすごい棒読みである。いくらなんだってもう少し普通にしゃべれないものなのか、と吹き出しそうになる。

なにはともあれこれが合図なのだろう。菊弥は三味線を鳴らした。

「惚れて通えば　千里も一里　逢えずに帰れば　また千里」

ついでに歌もつける。最近流行(はや)っている都都逸(どどいつ)である。夜の店の中に菊弥の声がひびいた。

店のなかが、にわかにざわついた。

それにしても足音はまったく聞こえなかった。盗賊というのは大したものである。

「御用だ」

店の外から声が響いた。どうやら岡っ引きがなだれ込んだらしい。

「出てきていいよ」

北斗の声がした。菊弥は、坂東屋夫妻とでていく。一番前に青太郎が正座してうな垂れている。その隣に、松本屋が座っていた。こちらも神妙な顔をしている。

「ここが年貢の納め時ってやつですね。ご迷惑をかけました」

松本屋が頭を下げる。

「とんでもない。こちらこそせがれが迷惑をかけまして。謝りたいのはこちらの方ですよ」

「しかしわたしは盗賊ですからね」

「何も盗まれてなどいませんよ」

坂東屋がさらに言う。

「そうは言ってもこうやって捕まってしまってはどうにもなりません。岡っ引きを仲間に入れた時にこうなる覚悟はすべきでしたね」

松本屋が苦笑する。

「なんだって岡っ引きを仲間にしようなんて思ったんですか」

「岡っ引きは我々と大して変わらないから、金で抱きこめると思ったんですよ。こちらの北斗親分は、後でゆすってくるようなお人ではない。言ってしまえば綺麗な岡っ引きだからいいお付き合いができるかと思ったんです」

「どうもすみません」

菊弥は頭を下げた。期待はずれの結果になったのがなんだか申し訳ない。

「ところで、あなたがここにいるということは北斗親分が宿六さんなのですか」

「そうです」

松本屋は、気の毒そうな表情で北斗を見た。

「まだ若いのに。お気の毒ですね。しかし安心してください。わたしが調合した薬は大変よく効きます」

「いったい何のことですか」

「夜の方が全然駄目なんでしょう。菊弥さんに相談されました」

「どういうことなんだ」

「松本屋さんに相談するふりをするのにあんたの名前を使っただけだよ。夜の方が駄目な岡っ引きっていうのは柳橋に広まったかもしれないけどね」

「いくらなんでもそれは酷いんじゃないか」

北斗が気色ばんだ。

「あんたの使わない錆刀(さびがたな)なんて、どんな風に思われたっていいだろう」

菊弥が言うと、松本屋が吹き出した。

「こんな時に言うのもなんですが、仲がよろしいんですね」

「いや、仲が良くてもこれはないだろう」

北斗が明らかにむくれている。が、すぐに気を取り直したらしい。

「松本屋さん、今日のこの盗みは、奉行所に届けを出してありますから大丈夫ですよ。罪にはなりません」

「届けとは何ですか」

「坂東屋さんが盗賊に入られた時の訓練をするということで届けを出しています。だから御用という声もあくまでも訓練。なので今日は岡っ引きしかいないんですよ。本当に捕まえるわけではないですからね」

「ははあ」

松本屋が気の抜けたような声を出した。

「ここで本当に盗賊ということになると、この方々の親御さんの店も大変なことになるでしょう。これはなかったことにするのが一番いいんです」

菊弥が言うと、松本屋は腕を組んだ。

「するとわたしは、なんのお咎めもなしということですか」

「今後盗みを働かないと言うなら、何もないです。足を洗っていただけますか」

「もちろんです。そろそろやめようと思っていたので異存はありません。わたしにできることはありますか」

　そこで北斗が身を乗り出した。

「こう言ってはなんですが、今日の岡っ引き連中の手間賃をいただきたいんです。ただ働きってわけにもいきませんからね。そんなに多くなくてもいいですが、子供の小遣い程度だと困ります」

「一人十両というところでどうでしょう」

　岡っ引きから歓声が上がる。岡っ引きの給金は安い。頑張っても月に一分程度だ。十両というと四十か月分の収入ということになる。

「それから青太郎」

　坂東屋がやや厳しい声を出した。

「お前の軽はずみな行動が、皆様を牢屋に送るかもしれなかったんだぞ。それは分かっているのか」

「すみません。勘当していただいても構いません」

青太郎が神妙に言う。

「勘当したらそれで罪を償ったことになるのか。お前は考えが甘すぎる。きちんと償いをして皆さんに認めてもらうしかないだろう」

「どのようにすれば良いのですか」

「お前がお客様を接待したくないというのは分かった。わたしは反対したが、最近では店の者と話したくないお客様もいると言う。そこで、両国で屋台をひいて、屋台の太物屋として商売になるかどうか試してみるといい。そして金が儲かるようなら座敷を立てて、菊弥さんに声をかけなさい。お前に商才があるかもしれないと言ってくださったのは菊弥さんだからね」

青太郎は、菊弥に向かって両手をついた。

「ありがとうございます。屋台は必ず成功させてみせます」

「楽しみにしてますよ」

言いながら、やれやれと思う。

北斗が松本屋の前に座った。

「ところで松本屋さん」

「何でしょう」

「その、夜に効くって薬なんですがね。体が何ともない奴が飲むとどうなるんでしょう」

「それはもう。鯉(こい)が滝を登って龍になるがごとくです」

「龍がごとくか。いいね」

それから北斗は菊弥のほうに向き直った。

「人のこと錆刀なんて言いやがって。覚悟しとけよ」

「人前でなんてこと言うんだい」

あまりの恥ずかしさに気絶しそうな気持ちである。とはいっても、色々解決したばかりだから怒る気にもならなかった。

そういえば、と、菊弥は気になることを尋ねた。

「鶴吉さんの面倒を見る割には旦那になってなかったようですが、あれは何か意味があるんですか。こう言っては何ですが、鶴吉さんは松本屋さんにはかなり本気なようなのですが」

菊弥の言葉に、松本屋は大きく頷いた。

「盗賊として捕まってしまえば迷惑がかかるからね。しかしこうなってはもう捕まることもないだろう。鶴吉のことはきちんとさせていただきます」

「きっと喜びますよ」

そう言うと、今度こそすっきりとした気持ちになったのだった。

店を出ると、空から白いものがちらちらと降ってくる。

「初雪だね。今年は少し遅めの初雪だ」

菊弥が言うと、北斗も楽しそうに頷いた。

「今までの罪を洗い流して新しく歩いていけってことだろう」

「まったくだね」

なんとなく全員で幸せな気分になって、盗賊事件は幕を降ろしたのだった。


そして三日して。


「ちょいと菊弥さん」

おえん母さんの所に顔を出そうと歩いていると、不意に梅市から声をかけられた。

「あら。こんにちは」

「こんなこと言いたくないんだけどさ。この間あんたの宿六にお金を貸したんだけど、あの宿六が返すとは思えないから、返してもらっていい」

「いくらですか」

「二十四文」

「いったい何のお金なんですかね」

「天ぷらそばを食べたら財布にお金が入ってなかったんだって。その時わたしが通りすがったから貸したんだけどさ。あれが自分で返しに来るとも思えないんだ」

「そうですね」

菊弥はふかぶかと頭を下げると、金を渡した。

「小遣いぐらいはちゃんとあげたほうがいいよ」

「はい」

三日前にもらった十両はどこに消えたんだ。

そんなことを思いながら、菊弥は梅市に頭を下げたのだった。

「うちの宿六が迷惑かけてすみません」

「正月もそろそろ終わりだね」

箱屋として菊弥の面倒を見てくれている七尾が、大きく伸びをした。

「そうだね。毎年龍のぼりを見るとそう思う」

二月の八日は事納めの日だ。江戸の正月は十二月八日から始まって二月の八日で終わりを告げる。

正月の終わりの今日は、どの家も龍ののぼりを立てている。六分咲きの梅と龍ののぼりが一年のはじまりの象徴とも言えた。

「青太郎さんはうまくやってるかな」

「心配だから見に行くんでしょ。菊弥はさ、わたしはそんなことにまったく興味がないよって口で言いながら、なんとなくいつも人の面倒を見てるよね」

七尾がにやくすと笑う。にやにやとくすくすの真ん中くらいの不思議な笑いだ。

「別に面倒見たいわけじゃないけどさ。屋台で太物っていうのは本当に売れるのか気になるじゃないか」

「そして自分でも何か買ってみようって言うんだろう」

「気に入ったものが安く売っていれば買うさ。当たり前だろう」

「なにはともあれ行ってみるしかないね」

柳橋から両国までは橋を二本渡ればいい。世間話をしながら歩いていればあっという間に両国広小路だ。

柳橋は大人の街だ。歩いている人も落ち着いた雰囲気の人が多い。反対に両国広小路は落ち着きとは真逆である。

江戸で一番騒がしい通りのひとつだけに、両国橋を渡ると人混みで押し流されそうだ。

両国は屋台の街だから、道の両脇は屋台で一杯である。飲食店から小物屋まで様々な屋台が並んでいる。

両国の名物は、四文で様々なものが買えることだ。酒でも食べ物でも四文で売っている。その代わり小ぶりのものが多い。

「寿司でもつままないかい」

七尾が言った。

「いいね」

握り寿司は、女が食べるには少々大きい。一口半と言って、男が一口と半分で食べる大きさだ。女が大口を開けるのははしたないので食べるのにはかなり勇気がいる。

しかし両国は四文の大きさで売っているので、女の口でもちょうどいい。だから並んでる列にも結構女の姿があった。

「何食べるんだい」

「海老に決まってるじゃないか」

「まあそうだね」

菊弥も同意する。寿司で一番人気といえば何といっても海老である。茹でた車海老の下に卵のオボロを敷いている。

「赤貝もあるみたいだね」

寿司屋の列に並んでいると、不意に声をかけられた。

「もしかして、柳橋の菊弥さんじゃないかい」

声の方を向くと、一人の女が立ってる。

「木戸芸者のいのりさんじゃないか。お久しぶり」

「覚えててくれたのかい」

「そりゃね。両国はおろか柳橋でもあんたよりいい声の持ち主はいないからね」

木戸芸者というのは、芝居小屋の前に立って客を引く芸者である。芝居の中の台詞を役者の声色を真似て語って聞かせる仕事だった。

何種類もの声を使い分ける芸者なので、普通の芸者とは分けて木戸芸者と呼ばれている。

いのりは、その中でも特別声もいいし、十人もの声を使い分けることができた。

菊弥は寿司は諦めることにして、列から離れた。

「今日はどうしたんだい」

「ちょっと気になる屋台があってね。見物に来たんだ。屋台で太物を扱ってる店があるんだけど知ってるかい」

「知ってるよ。ここのところ評判だからね」

評判になっているということは繁盛しているということだ。それにしても、単純に太物を扱っているというだけでは繁盛しないだろう。なにか工夫があるにちがいない。

「案内してもらっていいかい」

「もちろん。ところでさ、今日は座敷は入ってるのかい」

「入ってるよ。でも昼間の座敷は断ったから夜だけだね」

「じゃあさ、少し頼まれてくれないかい」

「何をだい」

「木戸芸者を手伝ってほしいんだ。相方が風邪を引いちゃってさ。どうにもならないんだよ」

木戸芸者は基本ひとりだが、かけあいが必要な時などは二人立つ。今回は相方が倒れたということだろう。声の仕事だから、喉がやられるとどうにもならない。

「何とかならないかい。お代は弾まないけど」

「弾まないのかい」

「木戸芸者の賃金なんてたかが知れてるよ。安い金でこき使われるのが宿命さね」

確かに、木戸芸者では旦那からの紙花もない。技量はあっても金にはなかなかならないのがつらいところだ。

「少しの時間ならいいけどさ、わたしは誰かの声を真似るなんてできないよ」

「それはいいよ。地声が似てる役をやってくれればいいから」

「いいけどさ。何の役をやればいいいんだい」

「鰹節」

　いのりが言う。

　菊弥の隣で七尾が吹き出した。

「なんだい。鰹節っていうのは。いったいなんの芝居なんだ」

「うどん対そばだよ」

　いのりが言う。

「ああ。あれかい」

　うどん対そばというのは、結構人気の恋川春町の戯作である。そば粉を中心に、大根おろし、鰹節、陳皮、唐辛子の四天王がうどん粉一味を退治するという話である。様々な工夫をした亜流もでている。

「鰹節以外はあんたがやるのかい」

「そうだね。今回はそば粉を牛若丸のような少年にしているんだ。それの相方にちょっと粋な鰹節を配してるんだよ」

　話は分かったが、できるかどうか自信はなかった。

「二言三言だから大丈夫」

「ちなみに何て言えばいいんだい」

「俺に任せておけば安心さって言ってくれればいいよ。後はこっちで何とかする」

「失敗しても怒らないでおくれよ」

「大丈夫だって」

言ってるうちに、青太郎の屋台に着いた。行列ができていて、買うのはなかなか大変そうだ。

「いったいなんだってこんなに繁盛してるんだろう」

近寄ってみると、簪（かんざし）を売っていた少女の姿が見えた。

「あれ、簪を売っていた娘だね」

声をかけると、菊弥のことを覚えていたようだった。

「あの時はお世話になりました。千早です」

頭を下げてくる。

「ここで何をやってるんだい」

「見本です」

そういうと、千早はくるりと回ってみせた。木綿の布地を紺色に染めてある。所々に金茶で梅をあしらっていた。

木綿なら絹より安い。その上、赤系統の発色は絹よりも木綿の方が綺麗(きれい)にでる。

さらによく見ると、屋台の脇にいくつかの着物が飾ってあった。

「あれは何だい」

「布地を買っていただいてから着物を仕立てると、時間もかかるし手間もかかるから高くなるんですよ。こちらで勝手に着物を作っておいて出来合いを売る方が随分と安く済むんですよ。しかも古着ではないですからね」

たしかにそうだ。仕立てるよりも安いならありがたいだろうし、千早が着ている姿を見れば自分が着ているような気持ちにもなる。

それに出来合いのものを売るなら客ともそんなに話す必要はない。

これなら青太郎に声をかけて首尾をたずねるまでもない。話すにしても、もう少し客のいない時間帯を狙った方がいいだろう。

そのまま行きかけた時、目の端に北斗の姿が入った。楽しそうに青太郎と話している。なかなか面倒見のいいことだ。

安心して立ち去ろうとすると、青太郎が北斗に金を渡しているのが見えた。慌てて北斗の方に歩いて行く。

「何やってるんだい。あんた」

声をかけると、北斗はまったく悪びれず笑顔を向けてきた。

「おう。今手間賃を受け取っていたところだ」

「たかりじゃないよね」

そう言うと、青太郎は笑って否定した。

「とんでもない。朝から兄貴にはお世話になりっぱなしです」

「それならいいけど」

「俺のこと疑いすぎじゃないか」

北斗が苦笑した。

「そうだね。悪かった。ごめんなさい」

謝ると、北斗が右手を出した。

「愛も謝罪も形だぜ」

「金とるのかい」

「おつとめの金が少し足りないんだよ」

青太郎の前で堂々と金をせびってくるというのは少々神経が足りない気がする。そうは言っても渡さないわけにはいかないだろう。

菊弥は懐から二分取り出すと手の上に載せた。

「これでいいかい」

「ありがとよ。俺はちょっと面倒くさいものを取り締まらなきゃいけないからな」

「盗賊かなにかかい」

「あれは大変だが、面倒くさくはないんだ。盗んでるやつを捕まえるっていうだけで、考えなくていいだろう。こいつは罪になるのかならないのかっていうのを考えなきゃいけないのが面倒くさいってやつなんだよ」

「一体何を追いかけてるんだい」

「看板美少年」

北斗が渋い顔になった。

「それは何だい」

「看板娘ってあるだろう。あれの少年版で、女よりも綺麗な美少年が店先で客を引くと一部に濃くて金を使う客がつくんだ。男のくせに美しさを売りにして商売するとは大変けしからんと老中がお怒りでな」

「本気というか正気なのかい。老中ってのは」

「岡っ引きの扱う事件の半分はそんなもんだよ。ひとりふたり捕まえて見せしめにすればそれで解決なんだけどよ。誰を見せしめにするかっていうのが難しい」

「ていうか見せしめで捕まえるのかい。それが岡っ引きのやることかい。看板美少年っていうのが誰にどんな迷惑をかけたんだい」

「看板娘より綺麗ってのがいけないんじゃないのかな」

「それは理屈としては無茶苦茶だろう。何とかならないのかい」

「うまい落とし処を作りたいから困ってるんじゃねえか」

「とにかく罪のない人に無理やり罪を着せるのはやめておくれ」

菊弥に言われなくても北斗の方も百も承知だろう。それにしても女より綺麗だから罪になるとはすごい話だ。

「それはどれくらい美少年なんだろうね」

横から七尾が言ってきた。

「見たことないから分からないね」

「見たくないかい」

七尾が興味ありそうにいう。

「わたしが思うに、そいつらは役者の卵だろう。役者になる前の修業中の美少年は仕事がないからね。看板美少年てのはありがたいんじゃないかね」

芝居の客の大半は女性客である。そして演目もだが、どの役者が出ているかで公演の人気は大きく変わる。

もちろん木戸銭の収入もある。だがそれ以上に大きいのは、役者まんじゅう、役者手ぬぐい、役者浮世絵などの商品である。

これらの売り上げは興行主に入る。役者には心付けという形で多少は払うか、儲けの大半は興行主のものだ。

もちろん幸四郎や菊五郎といった超大物になると全然話は違う。彼らは自分の商品を売る店を独自に持っている。舞台で身につけたのと同じ柄の着物も売っている。

舞台で女役の場合は、女性が買っていくのである。

顔がいい男にとって、役者というのは憧れである。自分のまんじゅうや手ぬぐいが売られるのを夢見て役者の道に入る。

それがけしからんというのは横暴すぎる。

「まあ、お奉行様の辛いところだからな」

「どこが辛いのかわからないね」

少々腹を立てて菊弥が言う。

「それは今度説明してやるよ。客の邪魔だ」

そう言われて、迷惑だった、と悪い気持ちになる。

「ごめんなさい。青太郎さん」

「構いませんよ。そんなことよりも、今度家で買った着物を着て座敷に出ていただけませんか。父の座敷に」

「お父様とはお話ししていないのですか」

「はい。きちんと結果が出るまでは話をしないようにしています」

そう言った青太郎の顔は盗賊の時より随分男らしくなっていた。もしかしたら千早と出会って何か変わったのかもしれない。

「いい着物を見繕っておいておくんなさい」

そう言うと、菊弥は青太郎の店をあとにした。

それにしてもくだらないものを罪に問うものだ。そんなことを考えていると、寿司を食べはぐれたことを思い出した。

「そう言えばお腹が減ったね」

「寿司の行列から離れたからじゃないか」

七尾に言われて、それはそうだ、と思う。

「わたしのせいだね。すまないね。おごれないけど」

いのりがすまなくなさそうに言った。いのりはサバサバした性格で、他人に責任を問うこともないし、悪びれることもない。

　そこが皆に気に入られていた。

「別におごってもらおうと思わないけどさ。これだけ屋台があると、どの店が美味しいかなんてまったくわからない。いい店知ってるんだろう」

「そういうことなら喜んで」

　いのりは楽しそうに笑うと、先に立って歩き始めた。

　少し歩くと、流行っている屋台があった。

「あそこの屋台だよ」

「流行ってるみたいだね」

「人気だからね」

「なんの店なんだい」

「闇鍋」

　そう言うと、いのりは店の前に立ったのだった。といっても行列に並ぶわけではない。わきから店主の横に立った。

「いらっしゃい」

　出迎えたのは、見事な美少女、いや美少年。どちらともつかない美しさだった。

「おね。おに。おねにーさん?」

髪は女性風のたらし髪にしている。だから遠目からみると女に見える。着物は男物で、金春色の地に縞である。その上にはあでやかな紅海老茶の羽織である。

顔立ちを見ると少女にも見える。

「看板美少年って言ったらまずはこの子だろうね」

いのりが言った。

「なにはともあれ、四本ずつおくれよ」

「何を食べるかの注文をしないのかい」

「この店にはそんな細かい献立なんかないよ。いろんなものを適当に味噌で煮込んで出してるからね。何が当たるかお楽しみってところだ」

皿の上に、味噌で煮込んだ串が置かれた。

蕪と豆腐。こんにゃく。そして魚のようななにかである。

口に入れると、穴子を切って味噌で煮たものだった。

「こいつは美味しいね」

「お酒」

七尾がすかさず言う。

「酒はやめなよ」

「こんなものを食べて酒を飲まないなら団子でも食べて麦湯を飲むさ」

七尾はきっぱりと言う。

「はいはい。冷でいいね」

いのりが勝手に酒を出してくる。

「美味しいね。これは」

菊弥が言うと、店主は嬉しそうに笑った。

「武丸です。そうお呼びください」

「ここはいいね。ひいきにするよ」

「ありがとうございます。でも長くはないかもしれません」

「なぜだい」

「近々お縄になるかもしれないのです」

武丸は笑顔のまま、少しだけ悲しそうな様子を出した。

「誰にお縄になるんだい」

「北斗親分に、もしかしたら覚悟しておけと言われました。見せしめのために誰かがお縄にならないと示しがつかないのだそうです」

お前がお縄になれ。

思わずそう思う。体の下から殺気がするすると登ってきて、口から吐き出そうとした時、気配を察した武丸が右手を横に振った。

「待ってください。北斗親分が見せしめになれと言うなら、喜んでなります。今のわたしがあるのは親分のおかげですから」

「そうは言うけど、こういう時に庶民を守ってこその岡っ引きだろう。昔助けたから今度は犠牲になれってのはどこにも正しい筋なんかないよ」

それから、武丸に改めて言った。

「この柳橋の菊弥姐(ねえ)さんが必ず何とかしてあげる」

啖呵(たんか)を切った瞬間、周りから拍手が起こった。

「馬鹿だね。あんたは本当に」

耳元で七尾の声がした。

そして、いのりがにやにやと笑っている。

はめられた。いのりに。

そうは言っても、もう後戻りはきかない。一体どうやったら看板美少年というものを助けることができるのか見当もつかないが、やるしかないだろう。

「いのり、あんたはおぼえておきなよ」

そう言うと、いのりは笑いもせずに菊弥をまっすぐに見た。

「助けてくれたら覚えてる。一生忘れない」

やれやれ、と思いつつ、まずはあの宿六を問い詰めるところから始めた方が良さそうであった。

薦張芝居は、両国広小路の中ではかなり目立った存在である。その一角だけは女性客で溢れている。

いい男に群がる女というのは熱気がある。推しの役者の浮世絵を持って、さらに女役の場合は舞台と同じ衣装を着る。

男役の場合でも羽織だけは合わせて着るのが贔屓というものだ。女が羽織をはおるのははしたない事だから、芸者以外はまずやらない。しかし芝居小屋の周りだけは、世間のはしたないいなど近寄ることもできない雰囲気であった。

「じゃあお願いするよ」

いのりが言う。

「はいよ」

菊弥が答えた。

いのりの台詞に合わせて三味線を鳴らす。

「あの山に逃げたるうどん童子は変化の術を心得ております。ひもかわになったり、きし麺になったりと、そうは正体を現しません」

「そこで取り出したるこの麺棒。両国で買い求めたこの麺棒なら、どのように変化しようと必ず討ち果たせる」

いのりの声はよく響いて、本当に少年のようだった。

「見てのお代は四十八文なりぃぃぃ」

いのりの口上を聞いて、けっこうな人数が木戸銭を払う。いい声の呼び込みというのは効果が高いらしい。

芝居が始まれば木戸芸者は用はない。菊弥もあっさりとお役御免だ。

「これ、お礼だよ」

いのりが四十八文よこした。天ぷら蕎麦(そば)二杯というところだ。

「ありがとうよ」

お礼を言って受け取る。

「安いって文句言わないのかい」

いのりが聞いた。

「これが柳橋で座敷に呼ばれたって言うなら文句言うけどね。でもここは両国で、木戸芸者の相場はわたしには分からない。あんたがこの金額だって言うならお礼を言って受け取るのが筋ってもんだろう。これがたとえ一文でも金をもらう時に文句なんか言わないさ」

それから七尾に声をかける。

「ひとっ風呂浴びて座敷に行こうじゃないか」

「どこに行く？」

七尾が言う。どこ、というのはどこの銭湯に行くかという意味だ。両国広小路で銭湯といえば、まずは若松湯（わかまつゆ）か和泉湯（いずみゆ）である。

この二軒は特別評判が良くて、いつも行列ができている。普通銭湯というのは二階に休憩所があって、酒を飲んだり休んだりすることができる。

もっとも男専用の施設だから女の二階は関係ない。

ところが和泉湯の二階は女も休憩する部屋がある。そういうわけで人気があるのだった。

そしてもう一軒、初花湯（はつはなゆ）という風呂屋がある。これは女しか入れない女風呂というやつで、湯銭は倍だが、女しかいないので気分がいいのである。

普通の銭湯にいく芸者ももちろん多い。これは湯銭の問題ではなくて、人目に触れるからである。

上方と違って江戸には内湯はほとんどない。大店（おおだな）の店主ともなれば内湯も使うが、番頭は銭湯を使う。

だから銭湯で噂（うわさ）になるというのは芸者にとっては大きな意味があるのである。菊弥とていまは売れっ子だが、いつかげるかもわからない。

だから銭湯の入り口で客に愛想をまくことも少なくはなかった。

「今日は初花湯にしとくよ。その方が気楽だからね」

なんとなく愛想を振りまく気分ではない。それにしても、あの宿六はなんだってあんないい子を見せしめにしようとするんだろう。

女風呂につくと、湯銭を二十文払う。通常の銭湯は八文。それが女風呂は十六文から二十文する。

それでも客が途切れることはない。

どんな銭湯でも風呂道具は欠かせない。しかし女風呂に限っては、手ぶらで入っても大丈夫なのである。

手ぬぐいも、体を洗う米ぬかも、何もかも風呂屋の方に準備してある。その上、桶（おけ）

が使い放題なのである。銭湯の桶というのは一人一個と決まっている。しかし女風呂はそうではない。普通の銭湯の半分程度の大きさの桶が使いたい放題である。

髪を洗う専用の桶、体を洗う専用の桶。といったように自分の目の前にいくつも桶を並べられるのがいいところだ。

一人だとどうしても背中をうまく洗えないから、誰かに背中を流してもらう時も、普通の銭湯よりは女風呂の方が気楽である。

客は芸者を含めて何か仕事をしている女が多い。普通の銭湯の倍の値段となると、やはり多少は自分での収入が欲しいところだ。

七尾に背中を洗ってもらっていると、いのりが入ってきた。

「やっぱりここにいたね」

「わかるのかい」

「これから座敷なんだから、ここで風呂に入ってると思ったんだよ」

「また何か頼み事なのかい」

「違うよ。手伝ってもらったお礼に背中を流そうと思ってさ」

そう言いながら、手ぬぐいを手に取る。

「あんた、最初からわたしを巻き込む気だったんだろう」

「怒った？」

「怒らないよ。どう考えてもうちの宿六が迷惑をかけたに決まってるじゃないか。あんなんでもわたしの男だからね。後始末はするさ」

「やはりそう思うよね。でも違うんだ。少し説明しようと思ってさ」

「どういうことだい」

「あの子は、本当にあんたの宿六のおかげで助かったんだよ」

いのりの言葉からすると、どうやら訳ありらしい。確かに、何の理由もなしにいきなり見せしめにお縄にするような男でもない。

少々疑いすぎか、と思った。

「どんな理由か聞いてもいいかい」

「それを話しにきたんだよ」

それからいのりはゆっくりと口を開いた。

「あの子の両親は掏摸なんだけどさ。流行病で二人とも逝っちゃったんだよ。二年前の話でね。普通掏摸の子供は小さい時から仕込まれるんだけどさ。あの子の両親は掏摸にはしたくなくて仕込まなかったんだ。そうなると元締めも面倒を見たい気持ちにならなくてね。人買いに売られるところを北斗親分が助けたんだよ」

「人買いに金を払ったのかい」

「まさか。十手の力で無理やり引き取ったのさ」

「それにしたって、住む所もないだろう。どうやったのさ」

「空き部屋がある長屋の敷地に行き倒れさせたんだよ」

　長屋の敷地の行き倒れや捨て子は大家の責任である。子供に本当に身寄りがなかった場合は大家が引き取って育てなければいけない。

　だから敷地に倒れていても、敷地の外に捨てられてしまうことも多いのだ。

「大家が見つけた瞬間に北斗親分が大騒ぎしてね。無理やり引き取らせたのさ」

「それって大家からすればかなり迷惑だよね」

「うん。ものすごく」

　いのりが大きくうなずいた。

　もう少し人様に迷惑のかからない方法はないものなのだろうか。一人助けるのに十人に迷惑をかけるのでは困った人になってしまう。

「そうは言っても子供一人の長屋住まいでは食べるものにも困ってね。北斗親分が何くれとなく面倒見てくれて、屋台も出せるように取り計らってくれたんだよ」

「それはなかなかやるね」

北斗も頑張ってはいるらしい。いのりが菊弥に両手をあわせた。

「だから北斗親分が見せしめになれって言ったら、ならないではいられない。分かってはいるんだけどさ、なにか助かる方法はないかね」

「看板美少年がけしからんっていう、おふれ自体がなくならないと難しいね」

七尾が言う。

「木戸芸者なんて何の力もないからさ。物語のようにはいかないしね」

「そういやあんたは、いつもそば粉や鰹節をやってるのかい」

「やってるやってる。異種合戦ものっていうのが人気でさ。なんでも人間にしちまうんだよ。そばなんてマシな方で、驚く、とか怒る、なんてのも人間にしちまうし、枕や布団だって人間になっちまうからね」

「いろんなこと考えるね」

「君も寝具にしてやろうか。なんて叫ぶと子供はびっくりするんだよ」

そう言うといのりは楽しそうに笑った。

「この仕事は好きなんだけどさ。お上と戦う力はないからね」

「わたしにもないけどさ、とりあえず北斗に相談してみるよ」

風呂から出ると、一度家に戻って着替える。それから柳橋の木村屋に顔を出す。

「今日は小松亭だよ。奉行所の方は約束を取り付けてるからね」

「奉行所とは珍しいね」

菊弥は少々驚いた。おえんから約束があると聞いていたが、誰からの約束とは聞いていない。個人的に親しい相手でなければ、どの座敷にでるかは置屋が決めるところがある。

おえんとしては奉行所にいい顔をしておきたいというところだろう。

「誰の約束ですか」

「寺内様という与力の偉い人らしいよ。あんたを呼んで欲しいって言われたんだ。せいぜいしっかりやって、うちのことはいいように言っておくれ」

与力にわざわざ指名される覚えはない。それに、与力だからといって金があるわけではない。芸者を呼ぶのは少々贅沢ではないだろうか。

万八や川長ではなくて小松亭というあたりはご愛敬と言えるだろうか。小松亭は柳橋の中ではかなり安い。

店の大きさも小ぶりで、客間は三つしかない。それも大きな部屋ではなくて、八人も集まれば十分という大きさだ。

なので呼ばれる芸者もせいぜい四人というところである。

「待って。呼ばれてるのはわたしだけじゃないだろうね。一人じゃ座敷は回らないよ」

一口に芸者と言っても、大妓と小妓がいる。踊ったり歌ったり三味線を弾いたりという芸を受け持つのが大妓。隣でお酌をするのが小妓である。

年齢が上がってくると、芸が身について小妓から大妓に上がる。若いうちはお酌だけである。

いずれにしても片方だけでは座敷は回らない。いくら金を節約すると言っても、芸者を一人しか呼ばないというのは野暮の極みである。

「貧乏与力が芸者遊びの気分だけ味わいたいってところなのかね」

「そんなのは本人に聞いておくれ」

仕方がないので、今回も七尾を座敷に出そうと思う。

小松亭は、うっかりすると見落としそうなほど入り口が狭い。看板もこぢんまりとしたものである。

料理茶屋は、行灯看板という看板を地面に置いていて、軒先には行灯をつるさないことが多い。

小松亭の行灯看板は小さくて、初めて行くと見落としてしまいがちだ。そうは言っても値段が安いので、柳橋に慣れていない客が来ることは多かった。

店の中に入ると、裏の帳場まで行って店主に挨拶をする。

「菊弥ですけど」

「ああ。入り口に近い座敷だよ。寺内様ね」

言われるままに座敷に入る。

「ごめんなさい。ありがとう」

挨拶をして座敷に入ると、客は二人だった。向かい合わせに座っている。上座に座っているのが寺内という与力だろう。

「一人だと不調法があるかと思いまして二人でまいりましたが、一人の方がご都合がよろしいござんすか」

菊弥が言うと、寺内は鷹揚（おうよう）な様子で頷（うなず）いた。

「二人で構わぬ。玉代も遠慮せずにつけてくれ」

「ありがとうございます」

玉代は気にするなということは、菊弥しか呼ばなかったのは金の問題ではないということだ。まさかと思うが北斗のことだろうか。

「そう警戒せずとも良い。岡っ引きを飼っている芸者がいると聞いてな。どのような芸者なのか見てみたかったのだ。ここにいるのは佐久間と言って、お前が飼っている岡っ引きとよく仕事している同心だ」

佐久間は、菊弥に軽く頭を下げた。寺内の方が佐久間よりも腰が低い。世慣れている証拠である。佐久間の方は座敷に慣れていないらしく、やや緊張している雰囲気が伝わってきた。

「わたしは人間を飼うような趣味はございません。確かに岡っ引きの北斗とは恋仲ですが飼うという言い方は、たとえお侍さんでも少々ぶしつけじゃないですか」

ぴしゃりと言うと、寺内がにやりとした。

人柄をはかられたな、と思う。

「これは失礼をした。確かにわしがぶしつけだった。許してくれるか」

「謝って頂けるなら、それ以上は根に持ちません」

言ってから、いったい何のために自分を呼んだのだろうと思う。

「今日は酌だけで良い。と言ってもお前の芸を軽んじているわけではない。しっかりと話したいから酌だけで良いと言うことだ」

「わかりました。しかし、わたしなんかとなんのお話があるのですか」

「売れっ子の芸者の話を聞いてみたいのよ。と言っても信用できる相手かどうかこちらには分からないからな。お前なら平気なのではないかと期待している」

「わたしでなくても、座敷の中のことを外に持ち出す芸者なんて柳橋にはいやしませんよ」

「そうかもしれないが、少し話をしてくれないか」

客に対して、少し無礼だったかもしれないと反省する。

「言い過ぎました。すみません」

頭を下げると、寺内は笑った。

「よいよい。無礼なのはこちらなのだ」

それから寺内は真面目な顔で菊弥を見た。

「実は、南町奉行池田様のことなのだ」

「お奉行様がどうしたのですか」

南町奉行と言われても正直ぴんと来ない。庶民からすると距離が遠すぎる。

「前の南町奉行遠山殿の評判が良すぎてな。今度の奉行は何をやっているのだ、と言われがちなのだ。特に遠山殿は芝居小屋や黄表紙などを手厚く保護したからな。そのせいで老中には睨(にら)まれたが庶民の人気は高い」

「確かに遠山様はわたしども芸者の間でも人気が高いです。あの方は柳橋でも綺麗に遊ばれて行きましたからね」

「そのおかげで、池田殿は少々割をくっておる。もちろん、話題になるような功績がないことが良くないと言われれば仕方がないがな」

寺内は残念そうな表情になった。どうやらこの人は奉行のことが好きで、思い入れもあるらしい。

差し向かいで座っている佐久間にはそこまでの思い入れはないようだ。寺内に逆っても仕方がないという程度の温度を感じる。

すぐに女中がやってきて、酒とつまみを置いていく。

酒を温めておいても運んでいる間に冷めてしまうから、酒は座敷の火鉢で温める。

つまみの方は、茹でた独活(うど)と、バカ貝である。独活の方は酢醤油(すじょうゆ)がかけてあって、刻み山葵(わさび)が載せてあった。

バカ貝の方は辛子酢味噌である。どちらも今が旬で、値段も安い。バカ貝は上総(かずさ)の青柳(あおやぎ)で採れたものがいいと言われていて、そちらは青柳と言われて少々高い。

一方深川(ふかがわ)で採れるものはそれよりは安い。そして呼び名もバカ貝である。

酒を温めると、まず寺内に注(つ)いだ。それから佐久間に注ぐ。

寺内は独活を口に入れると驚いたような顔になった。

「うまいな」

「春独活ですから、味はようございます」

「いや、独活の味ではない。これは何か特別な醬油を使ってるな。材料は安いが、調味料に気を使っているようだ。後で女中に聞いてみたい」

そう言ってから酒を一口飲む。

「細かい前置きはおいておこう。看板美少年というものを知っているか」

「存じております」

「今度、看板美少年を取り締まることとなった」

「なぜですか。彼らが悪いことをしているとは思いませんが」

菊弥が反論する。

「まったくだな。しかし、自分の美貌を売り物にして売色に勤しむものがいないわけではないのだ」

「それは一部でしょう」

「老中はそうは思わない。それにな、ああいう者たちは若くて金がないゆえ、めこぼし料を払うこともできない」

「お金なんですか」

「もちろんだ。お前たちのいるこの柳橋を含めて、遊郭や置屋が幕府に払っている金は年に二千八百両におよぶ。言ってしまえばお前たちは金の力で幕府から守られているのだ」

看板美少年は、ほとんどが役者見習いで金もない。どうしようもないと言うことなのだろうか。

「お金のない人間は泣き寝入りするということですか」

「そうなるな」

寺内がうなずいた。

「それがお奉行様の考えということですか」

「池田様は、反対しておられる。そもそもそういった下積みがあってこそ役者として魅力が出るのだ。下積みを破壊するというのは文化の破壊だからな。だが、老中というのはそもそも芝居など認めておらん」

つまり、打つ手がないということなんだろうか。しかし、そういうわけだから諦めろと言うのであれば、わざわざ菊弥にそんな話はしないだろう。

「わざわざこういう話をされるということは、わたしにできることが何かあるということなのですね」

「お前は芸者で顔が広いだろう。健全な看板美少年というものを見つけて、お奉行様のところに連れてきてはもらえまいか」

「健全な看板美少年ですか」

「そうだ。書類というのは、とんちのようなものでな。上が仕方がないと思えばなんでも通ってしまう。しかし役人というのは頭が固いからな。そこでお前に少々知恵を働かせて欲しいと思ってやってきた」

「わたしはただの芸者ですよ」

「幕府の人材の枯渇ぶりを甘く見てもらっては困る。放っておくと庶民に恨まれるだけ恨まれて、江戸で一揆が起きそうだ」

寺内が自虐的な笑みを浮かべたとき、再び女中が入ってきた。

「これをどうぞ」

胡麻(ごま)をまぶした小さなおむすびである。しかし、前菜がまだ残ってるだろう時間に持ってくるのは珍しい。

「少し早いんじゃないかい」

「いいえ。独活を食べ終わった後のつゆをつけてお召し上がりください」

寺内は言われた通りにすると、うなった。

「これはうまいな。何か特別な醤油を使っているのか」

「厨房で絞った醤油を使っているのです」

「そんなことができるのか」

「野田にある醤油の蔵元から、朝もろみを譲ってもらって、船と飛脚で運んでくるのです。そうしてお客様にお出しする前に絞って醤油にしています」

「これはなかなかすごいな」

「最近の柳橋では結構流行っています。銚子の醤油にするか、野田の醤油するかは店の好みですが、うちは野田を使っております」

「どこか違うのか」

「気のせいと言われるかもしれませんが、家の感覚では、砂糖と合わせて甘いタレを作る時には銚子の方がやや合っていると思います。しかし、山菜と合わせたり刺身を食べる時には、野田の方が切れ味がいいように思われます。どちらにしても遜色のない美味しさであることに変わりはないですけどね」

女中がまるで板前のような口上を述べた。同じようなことを聞かれることが多いに違いない。

「同じ醤油でも砂糖と合う合わないっていうのはあるんだね」

「どんなものでも相性というのはあります。それが甘いのか辛いのか、それとも酸っぱいのか。それによってどんな醤油を合わせるか決まるのです」

美少年にも幕府と相性のいい働き口があれば解決するのに、と思う。

それから改めて考えた。案外あるのではないか。昼間会った武丸のことを思う。彼といのりをうまく使えば、いけるような気がした。

「ところで、こう言っては何ですが、少々お金はかかります。そのお金はこちらの自腹でやれということでしょうか」

「ということは何やら腹案を思いついたということだな」

「まだ思いつきですので、お話をする段階ではありません」

「いいだろう。金はかまわぬ」

そう言うと、寺内は懐から十両を取り出した。

「手付けだ。足りなければこの佐久間に言うといい」

「ありがとうございます」

「それにしても、いったいどのようにして思いついたのだ。今の会話の中に何か手がかりでもあったのか」

「ございました」

「なんだ」

「野田の醬油でございます。後は後日」

そう言って、菊弥はにっこりと笑ったのだった。


「わたしにも全然わからなかったんだけど」

七尾が不満そうに言った。

座敷から出て、二人で往来を歩き始めるなり、質問をぶつけられた。どうやらうずうずしていたらしい。

「看板美少年には金が無いから守られないんだろう」

「そう言ってたね」

「そしたら、金があるところに守ってもらおうよ」

「どこ」

「醬油さ。何と言ってもお上に好かれてることにおいては醬油の右に出る者はいないからね」

「確かにそうだねえ。江戸と言えば醬油だからね」

七尾も頷いた。

もともとは、醤油は上方から運ばれてくる下りものであった。しかし、江戸に強い産業を作りたい江戸幕府は、大坂からの下りものを禁止する「下りもの禁止令」を出して強引に江戸の産業を発達させたのである。

その成功例が醤油であった。

そういったわけで、幕府は醤油に肩入れしているし、醤油の側も幕府にかなりの額の御用金を払っていた。

だから、醤油に貢献しているということになると、なかなかお縄にはできないのではないかと思われた。

「でもさ。醤油のうまさを広めるのはいいけどさ。そんなことができるやつなんて簡単にはいないと思うけど」

「簡単にいるよ」

「誰だい」

「辰郎さんさ。あの人くらい腕のいい料理人はいないからね」

「確かにそうだね。でも料理人って言うと怒り出すよ。ちゃんと包丁人って言わないと」

「まったくだね。とりあえず、北斗と話し合ってみるよ。この金も預けないと」

菊弥が言うと、七尾が首を横に振った。

「そいつはやめたほうがいいよ。明日には賭場で溶けてるに決まってる。あんたって心のどこかであの宿六が真っ当だって信じてるよね。こう言っちゃなんだがそいつは悪い夢だ。あいつの女でもいいけどその夢だけは持っちゃだめだよ」

「そうだね」

すぱっと言われて気を取り直す。確かにそうだ。北斗に余計な金を渡せばどんな金でも賭場で溶かしてしまう。

惚れた弱みというのはまったく厄介なものだ。

夜とはいえまだ時間は早い。とりあえずいのりを捕まえて相談することにした。菊弥の考えでは、今回いのりが必要なのである。

彼女の声の力が。


北斗は全身から不満という雰囲気を漂わせてあぐらをかいていた。

「だから何で俺は三和土なんだよ」

菊弥の家である。北斗を見つけると連れてきて、三和土に座らせた。

「しかも酒じゃなくて水っていうのはどういうことだ」

「やかましいね。あんたなんて水で十分だろう」

「何を怒ってるのか知らないが、俺は怒られるようなことは何もしてねえよ」

北斗がむくれたように言う。

「じゃあ、両国広小路の武丸っていう男の子に心当たりはないのかい」

「武丸は俺がかわいがってるやつだ。よく知ってるよ」

「その子を見せしめにして奉行所に突き出すっていうのは本当かい」

「半分はな」

そう言うと北斗は眼をそむけた。

「半分って何なんだい。右側だけ突き出すとでもいうのかい」

「そうじゃないけどよ。一応お縄にしておいて、あとで考えようと思ったんだよ」

「馬鹿なのかい。あんたは。あんなに綺麗な子が牢屋に入ったらただで済むわけないだろう。牢屋の皆に慰み者にされて一生消えない心の傷を背負うんだよ」

そう言われて、北斗は気まずい表情になった。

「もちろんお縄にしない方法だって考えるさ」

「じゃあ考えを言ってみな」

「まだない」

「それならそこで水でも飲んでればいいよ」

菊弥が言うと、北斗が渋々という顔で口を開いた。

「考えてないわけじゃないんだけどよ。少し馬鹿馬鹿しいからな。あいつは俺が面倒を見てるんだからお縄にしたいなんて思うわけないだろう」

確かにそうだ。北斗はそういう男ではない。それにしても馬鹿馬鹿しいというのは一体なんだろう。

「いいから馬鹿馬鹿しいことでも言ってごらん」

「笑わないか」

「笑わないよ。真面目な話なんだから」

「奉行所が取り締まるって言ったのは看板美少年だからよ。美少年看板ということにしたら平気だと思うんだ」

「なんだい。それはいったいどんなとんちなんだい」

言いながら、くだらないが悪くないと思う。菊弥が考えていたことと方向は同じところを向いているようだ。

醤油を味方につけようと思ってはいたが、方法までは菊弥も思いついていなかった。

だが美少年看板というのは悪くないかもしれない。

「細かく話を聞こうじゃないか」

「じゃあそっちに行くからな」

北斗はいそいそと畳の上に上がってきた。

「仕方ないね」

そう言いながら、菊弥は温めた酒を北斗に注いでやったのだった。


翌朝。菊弥は日本橋にある包丁部屋に足を運んだ。

包丁部屋というのは、様々な料理茶屋に料理人や包丁人を手配するための手配所である。素人を相手にするわけではないから看板は小さい。

中に入ると大広間があって、料理人が座ってお茶を飲んでいる。大広間にいるのは仕事にあぶれている料理人だ。腕の良いものから悪いものまで揃(そろ)っていて、今日の仕事にありつけるか不安に思っているものも多い。

大広間を抜けて奥に入ると長老や腕利きの部屋がある。ここの人達は気に入った仕事だけ受けると言う立場で、腕はいいが値段も高い。

「こんにちは」

菊弥が入ると、部屋の中がざわついた。

菊弥は黒地に金茶の羽織を纏ったいかにも芸者という格好である。包丁部屋に用事のある格好ではない。

「場所をお間違えじゃないかい」

長老の白菊屋夜右衛門が、不機嫌そうに菊弥を睨んだ。江戸の料理界の重鎮で、料理茶屋に対してはそこらの大名よりもよほど発言力がある。

「間違えてませんよ。辰郎さんに用事があるんです」

「俺かい。何の用事だい。菊弥姐さん」

「ちょいと逢引きしてくれないかねえ」

そういうと、辰郎がにやりと笑った。

「金は払いたくないけど、頼みごとはしたいっていったところですか」

「お金は払ってもいいんだけどね。頼みごとをやってもらえるかわからなくてね」

「どういうことですか」

「ちょいと難しいんだよ。料理のことなんだけどね。辰郎さんに作ることができるか分からないから逢引きに付き合ってほしいのさ」

菊弥の言葉に、部屋の中の空気がざわついた。包丁人に対するあきらかな侮辱だからだ。辰郎が、笑顔を崩さないまま言った。

「俺の腕が信用できないってことですか」

「そうだったらこんなところに来ないよ。そもそもどう頼んでいいかも分からないいんだ」

「どういうことだい」

辰郎が興味を持ったようだ。

「両国広小路の江戸っ子が、あっと驚くような醤油の料理が作りたい」

「醤油だって？　おいおい。あれはなんにだって使うだろう」

「そうさ。でもね。醤油を売りにした料理を作りたいんだ。こんなことどうやって頼んだらいいかなんて、わかんないだろう。こっちもわかんないんだから、そっちがわからなくても仕方ないと思ってるんだよ」

「醤油が売りねえ」

辰郎が考えこむ。

「いいだろう。その逢引きにのろうじゃねえか」

「ありがとう」

辰郎は手早く準備をすると、菊弥と一緒に店を出た。

「柳橋でも人気の菊弥姐さんのお供も悪くないな」

両国広小路が近づいてきたあたりで、辰郎が念を押すように言った。

「屋台で出す料理ってことでいいんだよな」

「そうだよ」

「こいつは俺たち包丁人にとってはなかなか難しい仕事だな。菊弥さんにどう見えるかは知らないが、まったく違う仕事なんだ」

「すまないね。馬鹿にしてるわけではないんだよ」

「そんなこと思ってないよ。しかし、醬油っていうのは正直難しいな」

たしかにそうだ。江戸の料理で醬油を使っていないものを探す方が難しい。それだけにあえて売りにするというのは難題だろう。

「それにしても、なんで醬油なんだ」

辰郎にあらましを話すと、納得したように大きく首を縦に振った。

「なるほど。確かに醬油の看板ならお上も文句をつけにくいかもな。それにしても、俺に声をかけたのは正解だな。江戸広しといえども、こういう難問を解決できるのは俺くらいのもんだろう」

言ってる間に武丸の店に着いた。

「こんにちは」

　武丸が頭を下げてくる。相変わらず男とも女ともつかない格好である。

「こいつはなかなかすごいな。美少年少女ってところか。こう言っちゃなんだが老中が目をつけそうな美貌だ」

「この子が標的なわけじゃないけどね」

「いずれにしてもこの子を助けたいってわけだろう」

「そうだね」

「とりあえず四本ぐらいくれ」

　辰郎は、手早く食べてしまうと首を横に振った。

「こいつはうまいけど、醬油仕立てには向かないな。もう少し別の料理が必要だろう」

「やっぱりそんなに甘いもんじゃないよね」

「そうだな。注目されて売れるとなるとそう簡単じゃない。特に屋台となると、料理茶屋で料理を出すより難しいかもな」

「そうなのかい」

「ああ。料理茶屋に来る客っていうのは、わかってる客だからな。珍しい食材とか、変わった料理法とかに反応する。しかし屋台に来る客は違う。安くてうまいっていうのが一番大切なんだ。そのぶん厳しい客ともいえるな」

確かに芸者を呼ぶような客なら、値段は高くてもいい。しかし両国広小路となると四文でなんとかしなければならない。

「やっかいなことを頼んだね」

「構わないよ。俺たちは値段の高い料理を作るのに慣れちまってるからな。たまにはこういう修業をしないと腕がなまる」

辰郎は楽しそうである。

「醤油そのものを味わってる感じがあるといいな。とすると醤油の選び方が大切かもな」

それから、辰郎は立ち上がった。

「五日ほど時間をくれ。そしたら連絡する」

そう言うと、辰郎は行ってしまった。

「今の方はどちら様ですか？」

武丸が聞いてきた。

「たぶん江戸一番の料理人だね」

「そんな偉い方が協力してくれるんですか。わたしなんかのために」

「わたしなんか、はなしだよ。卑屈になったってね、いいことなんか何一つありゃしないんだ。ありがたいと思ったら後で恩を返す方法考えな」

「わかりました」

おそらくこれで料理の方は何とかなるだろう。しかし、このごった返した両国で評判になるには料理だけではだめである。

北斗の言う、美少年看板というのは本当に成功するのだろうか。信じる信じないというよりは想像がつかなかった。

そしてその頃。

北斗は真面目に働いていたのであった。

「美少年看板とは如何様なものなのだ」

同心の佐久間が、怪訝な顔をした。

「ですから、看板がたまたま美少年なだけで、美少年を看板にしているわけではないと言う代物です。体の表と裏に看板を貼り付けて立っているって寸法です」

「しかし美少年ではあるんだろう」

「顔がいいのが罪だって言われると、どうしようもありません。しかしいくらなんでも美少年が罪っていうのはないでしょう。あくまで色を売りにするのが罪なんでしょう」

「なるほど。そういう考え方はあるな」

佐久間は自分では何もしない同心である。何もかも岡っ引きに任せている。事件が全部解決した後で番屋に現れて、自分が解決したと言って回る。

そうは言っても岡っ引きには人気である。余計なことをして事件をかきまわすことはしないからだ。

最初から最後まで全部岡っ引きに投げてしまうのが佐久間の最大の長所だった。

「一人ぐらいはそれで目こぼしはあるだろう。しかしどの美少年も看板をつければいいというわけには行かないんじゃないか」

「それはそうですけどね、そういうやり方を教えてやるだけでもだいぶお縄になるやつが減るんじゃないすかね」

「そうだな。確かに減るな。だが手柄も減るぞ」

「子供を捕まえて手柄にしたいんですか？」

北斗が聞くと、佐久間が苦笑した。

「まあ確かにそうだな。そんな手柄なんかあっても仕方ないだろう」

佐久間があっさり同意する。同心という仕事には出世はない。だから手柄を立てるというよりも失策をしない方がよほど重要なのだ。

そのためには庶民の恨みを買わないに越したことはない。

「うまくいったら報告するがいい」

「それでですね。少々あっちの方が足りなくなりまして」

北斗がいう。北斗は、奉行から菊弥に金が出たことは知っている。菊弥から五両預かってもいた。

しかし北斗の経験から行くと、奉行からはもう少し出ると思われた。金をせびれる時はせびるのが北斗の主義である。

金をせびらない男は良いように見えて信用されない。裏で悪いことをして儲けているから金の必要がないのだと思われる。

小さい男は大きな悪を犯さない。岡っ引きとしては、せせこましくて小さな男でいることが大切なのである。

そういうわけで、「自分で思う自分よりは少し駄目な男を演じて生きているのが北斗という男である」と自分では信じていた。

ただし博打だけは駄目だ。あの感覚を覚えてしまうと、何をやっていても博打のことを考えてしまう。

今回菊弥からもらった五両を早々にすってしまったのは失敗だった。このままでは三和土の上で長々と説教されてしまう。

もちろん自分が悪いのだが、三和土の上に座らされる気分は何とも言えず嫌なものなのである。

だからすってしまった五両のうち三両くらいは取り戻しておこうと思っていた。

「いくらいる」

「三両ほど」

「高いな」

佐久間が渋い顔をした。

「ここでケチってもいいことないと思いますよ」

「足元を見ているのではないだろうな」

「自分のために使ったりはしないです。俺はいつも江戸のために働いてます」

佐久間としては自分の懐が痛まないなら特に気にはしないだろう。思った通り懐からすぐに金が出てきた。

もう少しふっかけても出したな、と思う。同心は金がないから、懐から三両出てくるということは奉行からもっともらっているということだ。

この三両は本当に使ってしまうから仕方がない。

佐久間と別れると神田銀町にある表具師、「今井屋」に向かうことにした。看板屋というのは多くが行商である。

背中に背負った箱に、筆や糊といった道具を詰め込んで歩いている。そして障子だろうが木の板だろうが、頼まれたものに描くのである。

彫り物が必要な看板になると額師の出番になるが、普通の看板であればほぼ行商であった。

どこに客がいる、というような話は表具師が詳しいから、いい看板屋を探すには表具師を訪ねるとよい。

紺屋町を抜ける道を歩く。銀町まではさまざまな行き方があるが、北斗は紺屋町を通って行く道が好きである。

名前の通り染物屋が集まっている町で、藍染の香りがする。安い藍染だと妙に酸っぱいような嫌な臭いがするのだが、この辺りはそんな臭いはしない。干し草というか、柔らかい土の香りがして落ち着くのである。

紺屋町を抜けて東仲橋を渡ると銀町である。橋を一本渡ると、町の匂いがかわる。銀町は紺屋町にくらべると雑多で生活臭があった。今井屋は四丁目にある。

「おう。邪魔するぜ」

北斗が声をかけると、店主の今井有斎は人懐こい笑顔を浮かべた。

「これは北斗の親分さんじゃないですか。どうされました」

「看板屋を探してるんだけどよ。腕のいいやつを知らないか」

「それは何人も知っていますが、どのような看板ですか」

「人間の首からぶら下げるような木の看板がいいんだ」

「変わったことするんですね。それなら松五郎がいいですよ。あいつは変わったことが好きですからね」

「どうやって呼べばいいんだ」

「毎朝ここに来ますから、言付けておきましょう。どちらにお伺いすればいいですか」

「両国広小路に闇鍋屋っていう屋台がある。薦張芝居のすぐそばだ。結構評判の店だから探せばわかると思う。そこに昼頃でどうだ」

「わかりました。伺わせます」

「頼むぜ」

店を出ようとすると、今井屋から呼び止められた。

「これを」

今井屋が、手に一分金を握らせてきた。

「おいおい。今回は俺の頼み事だから、こんなものはいらないよ」

「たまには顔を出して欲しいんです」

今井屋が頭を下げる。

「何かあったんだな」

「はい。最近この辺りで新しく十手を預かった与一(よいち)って親分がいるんですが、少々あたりのきつい人で困惑しています」

やれやれ、と北斗は思う。新しく十手を預かった岡っ引きがかかる流行病のようなものだ。十手の力を試したくていろいろな商人にゆすり、たかりを繰り返すことが多い。

そういう時は先輩の岡っ引きが「俺の縄張りで余計なことをするな」と言って叱り飛ばすことが多かった。

そうは言っても、タチの悪い新人だと先輩の岡っ引きを袋叩(ふくろだた)きにしたりするから、注意するのも大変である。

北斗の場合はなんだかんだで人望があるからそういう目には合っていないが、新しい十手持ちなら少し気を付けた方がいいかもしれない。

北斗が狙われる分には構わないが、菊弥が狙われると困る。

顔色には出さないようにしていたが、実のところ北斗はかなり菊弥に惚れているのだから。


その日は、座敷の中がかなりうるさかった。芝(しば)の神明(しんめい)前にある花露屋喜左衛門(はなつゆやきざえもん)という店の無礼講であった。

花露屋というのは、伽羅(きやら)の油を中心に、口紅や白粉(おしろい)などの化粧品を扱っている。芸者や花魁(おいらん)にとってはなくてはならない店だった。

正月明けからひな祭りにかけてかき入れ時といえる時期である。花露屋は店の者を連れて度々無礼講をおこなうので、芸者にとっては有難い客である。丁稚(でっち)に至るまで連れてくる珍しい主人であった。

花露屋に言わせると、丁稚のうちから芸者に触れておくと、どのような香りが好ましいのか肌で分かるようになるから、若いうちから芸者と触れるべきだという考えであった。

なので芸者の数も多い。菊弥を含めて大妓が十人。小妓は二十人という顔ぶれである。

今回仕切っているのは夜桜という芸者である。歳はもう四十歳だが、芸の腕は柳橋でも一番である。芸者の中で君臨していると言ってもいい。

そのぶん大変厳しい人なので、菊弥は同席すると小さくなっている。右の脇には梅市が、左の脇には鶴吉がいる。

鶴吉は相変わらず菊弥と仲がいいわけではないが、夜桜姐さんの前では並んで縮こまる程度には距離は近い。

菊弥も鶴吉も売れっ子芸者だから夜桜姐さんの目は厳しい。嫉妬のような感情ではなくて、看板を背負う以上やることはあるだろう、という気持ちである。

なんとか無礼講が終わると、さすがに疲れて息をついた。

「なにか食べていくかい」

七尾が声をかけてくる。

「そうだね。お土産も受け取らなかったしね」

座敷で出る料理は、半分は芸者のものである。客は刺身といくつかの料理に箸をつけるが、あとは持ち帰りの折詰になる。

もちろん断ることもできて、そういう場合は下足番のような芸者以外の者の役得になる。なので菊弥はなるべく料理は持ち帰らないようにしていた。

それに、冷えてしまった折詰より夜鷹蕎麦でも食べた方が美味しいと思っていた。

「じゃあさ、一杯どうだい」

「やめておきなよ。酒はさ」

「だって仕事の時は飲めないから。終わったら飲みたいじゃない」

「気持ちは分かるけどね」

「だからちょっとだけ」

七尾が両手を合わせる。

「仕方ないねえ」

言ってから、闇鍋屋をのぞいてみようか、という気持ちになった。無礼講のあとと言ってもそんなに時間が遅いわけではない。あちらも翌朝の仕事に差し支えない程度の騒ぎで収めている。

「闇鍋屋に行ってみるかい」

「賛成」

七尾も乗り気になったようだ。

二月の半ばと言っても春まではまだ時間がある。鍋でいっぱいやるのは美味しいに違いない。

闇鍋屋につくと、幸いまだ開いていた。

「いらっしゃい」

武丸が元気な笑顔を見せる。

「繁盛してる？」

「おかげさまで。流石に客足が落ち着きましたが、早い時間はありがたいことにかなり混み合ってましたよ」

言いながら、武丸は手早く酒と串を用意してくれた。

「うちのまかないを召し上がりますか？　他のお客さんには出しませんが特別です」

「いいね」

七尾が答える。

「ではお酒の後でお出しします」

目の前に串が四本並ぶ。

「豆腐、こんにゃく、うなぎ、蕪です」

「ありがとう」

「おかわり」

七尾が徳利を突き出した。

「あんたもう飲んじまったのかい。酒が絡むとどうしようもないね」

「五臓六腑にしみ渡るこの感覚がいいんだよ」

「はいはい」

言いながら、菊弥も酒を飲む。寒い中での熱燗は、たしかに五臓六腑にしみわたる。

普通より少し熱くしてあって、温まる。

酒から生姜の香りがした。酒を温める時に、生姜の絞り汁を入れたらしい。味噌味とものすごく相性がいい。

うかうかすると飲み過ぎてしまうかもしれない。

七尾を見ると、すいすいと酒を体に流しこんでいる。

これを持ち帰るのは大変そうだ、と心の中でため息をついた。

「では、まかないをどうぞ」

そう言うと、武丸は食事を出してくれた。冷えた飯の上に、卵を割って落とす。そして今日色々なものを煮込んだ味噌を上からかけ、最後に刻んだ葱を載せた。

味噌と葱の良い香りがする。

「卵をかきまぜてお召し上がりください」

言われた通り卵と味噌をかき混ぜる。そうして口の中に入れると、様々な食材から出た旨味（うまみ）が味噌の中に染み込んでいるのがわかる。

それに卵の旨味が加わって、思わず行儀悪く口の中に掻（か）き込んでしまう。

「これは美味しいね」

「特別な味でしょう」

武丸が笑った。

「わたし以外にも出すんだね」

不意に後ろから声がした。いのりの声である。

「お邪魔してるよ」

菊弥が言うと、いのりが少しむくれた声を出した。

「わたし以外には出さないと思った」

「手伝うんだからそれぐらい大目に見ておくれよ。それはそうと、あんたに話があったんだよ」

「なに」

いのりが不機嫌そうにいう。

「この子のために口上を述べてやっておくれな」

「それはお安い御用だけど、どんなことを喋(しゃべ)ればいいんだい」

「まだ分かんないんだけどさ。醤油がうまそうに聞こえる口上だね」

「よく分からないけど。声には自信があるからね。どんな口上であっても任せてくれればしっかりやるよ」

「お酒おかわり」

七尾が空気をまったく読まずに言った。

「あんたはそろそろやめな。足元がふらついて帰るのが大変だから」

「もう一本だけだから」

七尾が徳利を抱え込むようにして飲んでいる。仕方がない、と、菊弥ももう一本だけ飲むことにした。

そのくらい武丸のまかないは美味しかったのであった。

四日が過ぎたころ、辰郎から手紙が来た。包丁部屋に来いという手紙である。

七尾と出かけていくと、包丁部屋の広間に醤油の一斗樽(だる)が置いてある。

「これはなんだい」

「見ての通りの醤油樽よ。こいつがお前さんの言った料理」

「この醤油の樽がかい」

「この中には生きたイカが漬け込んである。こいつをぶつ切りにして飯の上にかけて出せば拍手喝采間違いなしだ」

確かに美味しそうだが、どのくらい美味しいのかは分からない。しかし、辰郎が自信を持っているのであれば信じられる。

「ありがとうよ。これでなんとかなると思う」

「俺も食べたいから、屋台で出す時は呼んでくれ」

「自分でも食べたいって言うのは、よほど美味しいんだね」

「間違いないな」

後はこの料理を評判にすればいいだけだ。うまいものと、看板と、口上が揃うなら、失敗することはまずないだろう。

「後はどうやって仕上げるかだね」

「しばらくの間は、毎日こいつが届く。と言っても十日だけだけどな。その間にうまく盛り上げてくんな」

「ありがとう」

確かに一日だけでは看板の意味はない。とにかく評判になった上で、奉行所がこれならいいだろうと思ってくれるしかないのだ。

そのために、北斗がさりげなく同心を集めて見物させてくれる予定だった。

「明日からやってみるしかないね」

そして翌日。

武丸の所に行くと、武丸を入れて、七人の美少年が立っていた。

「この人たちは？」

「両国広小路の看板美少年達ですよ。麦湯売り、蕎麦屋、寿司屋、団子屋。それに花屋と扇子売りです」

「結構いるもんなんだね」

「美少年なのが悪いって言われるとみんなどうにもならないです。だから今回の美少年看板には是非加えてください」

「看板は準備してあります」

武丸が板を用意していた。

「あとは看板屋だけです」

そう言ってると、大きな箱を背負った看板屋がやってきた。

「看板が必要なのはここかい。俺は松五郎ていうんだ。よろしくな」

松五郎はすぐに準備を始めた。大小様々な絵筆を準備する。

「いったいなんの看板を作ればいいんだ」

「醤油とイカだね」

菊弥が言うと、松五郎は驚いた顔になった。

「醤油とイカだって？　一体何を売るんだ」

「まあとりあえず食べてみようじゃないか。武丸。頼むよ」

武丸が、一同のために食事を準備した。

醤油の樽から、イカを取り出してぶつ切りにする。それを炊きたての飯の上にどさりと載せた。

薬味はない。飯とイカだけである。

イカはまさに醤油の色だった。

食べてみると、口の中に、イカと醤油の味が広がる。他にどうとも言いようがない。

そしてそれがとてつもなく美味(うま)いのである。

醤油そのものを口に入れているようなものなのだが、イカと飯でちょうどいい塩辛さになっている。

醤油の持っているうまみをイカの中に放り込んだような味とでも言うべきだろうか。時間を忘れるような味である。

「美味しすぎて感想が言えないね」

「自分で持って来て言うのもなんだが、こいつは俺にも作れないんだ」

「作れないってどういうことだい」

「これはさ。獲れたばっかりの生きたイカをいい醤油に漬けるだけだからな。俺たち包丁人は、基本的な包丁の技で勝負する。こういったものは作れない。もちろん包丁の技で味も変わるんだけどよ。今そんなものを披露しても意味ないからな」

「いずれにしても、これがとてつもなく美味いことだけは分かったよ。一体どんな醤油を使ったらこんな味になるんだい」

「それは分からないな。野田の醤油問屋に事情を説明したら用意してくれた。イカをつけるならこれがいいってな」

醤油問屋というのはそんなことが分かるのか、と菊弥は感心した。

「分かった。野田だって分かればそれでいいよ」

松五郎はそう言うと、素早く看板を描き始めた。

「お前たち、普段の仕事を言え」

彼らから普段の仕事を聞くと、さらさらと描き進める。

七人分の看板はどれも違っていた。それぞれの仕事を聞いて、イカと麦湯、イカと花というように描いていく。

そして真ん中に醬油の樽と「野田」という文字を書き込んだ。

「美少年看板って言うからには、この店の宣伝だけじゃ駄目だろう。お前たちみんな、今日から美少年じゃなくて看板だからな。看板の気持ちにちゃんとなれ」

松五郎がしたり顔で言う。

「看板の気持ちって何ですか」

武丸が聞く。

「それは自分で考えろ。だがな。俺は冗談を言ってるわけじゃないんだ。なんでも気持ちを入れないとうまくいかないからな」

ふわっとした言葉だが、菊弥には何となくわかる。三味線にしても、腕だけではなくて心が入っていないと相手に気に入ってもらえない。

それにしても看板の気持ちは少々難しい気がした。

全員が看板を身につける。

「じゃあ歩いてきな」

武丸以外の全員が両国広小路に散らばった。

「あとは客が来るのを待つだけだね」

「はい」

もっとも、今回待っているのは普通の客ではなくて、岡っ引きや与力や同心である。彼らが、これは奢侈(しゃし)ではないと認めなければ意味はないのだ。

目立っておいてお目こぼしを願うというのも変な話だが、今回はそうしなければ助からないのだ。

美少年看板たちが散らばって少しすると、客がやってきた。客たちは武丸の格好を見て驚いたようだった。

「おいおい。いつもの美少年ぶりが台無しだぜ」

「今日から看板です」

武丸がすまして答える。

「それよりもイカ飯を食べてください」

イカ飯を食べた客は、ものすごく気に入った様子を見せた。江戸っ子の噂は早い。

夜には早くも有名になっていた。

「売り切れです。飯も鍋も」

疲れた表情で武丸が言う。暮れの七ツには何もかも売り切れていた。

「明日も頑張ってね」

そう言うと、菊弥は屋台をあとにした。暮れの六ツから坂東屋の座敷が入っていた。どう考えても最近の青太郎の話がしたいに違いない。

座敷に入ると、坂東屋は一人の男を連れていた。年齢は五十歳というところだろうか。落ち着いた雰囲気の人だった。

「こちらは、大伝馬町で醬油問屋を営んでいる茗荷屋善五郎さんです」

紹介されて、丁寧に頭を下げる。

「今日は少々苦言を呈しに来たのだ」

坂東屋が静かに言う。

「苦言ですか」

「北斗親分から看板のことは聞いた。だが、菊弥のやり方ではお上を怒らせるだけだ。やめたほうがいい」

「どういうことですか」

「醤油を売りにした看板をぶら下げていると聞いたが、それは勝手に醤油の名前を使ってるだけだ。醤油のためになってるのではなくて、自分の都合で利用していることになる。だからお上としては取り締まりたくなってしまうんだよ」

そう言われれば確かにそうだ。醤油の宣伝をするなら醤油問屋と話をつけなければ説得力が何もない。

「考えが足りませんでした」

「こういうのは経験だからね。ということで醤油問屋を連れてきたよ」

坂東屋にうながされて、茗荷屋が口を開いた。

「人をやって調べたが、今日から始めてもう噂になっている。なかなかいいね」

「ありがとうございます」

「だから一つ、茗荷屋の宣伝をしてはくれませんかね。それならば、お上にも融通がきくというものですよ」

「ありがとうございます」

本物の醤油問屋が後ろについてくれるならこれ以上のことはない。これなら何とかうまくいくだろう。

「いやいや。こちらも助かるんだ」

菊弥の返事に満足した坂東屋が言った。

「助かるというのはどういうことですか」

「青太郎の店が評判が良すぎてね。おとなしく両国の値段で商売をしていればいいのだがね。うまくいくと欲がでるから、お上の取り締まりを受けるかもしれない。だから息子以上に目立ってくれる誰かが必要なのだ」

取り締まりで青太郎が商売ができなくなるのが心配らしい。しかし、武丸が目立つのであればしばらくは安心だろう。

「そういうことなら任せてください。せいぜい目立つようにします」

菊弥は思い切り請け負った。

翌日になると、武丸の店は朝から行列ができていた。新鮮なイカというのが特別に江戸っ子の心を打ったのである。

イカは悪くなるのが早い。だからどうしても煮て食べることが多かった。塩辛にするか煮るかだった。

この醤油漬けは、イカの新鮮さを感じさせて、なおかつ旨みは濃縮している感じだ。イカをこんなに美味しく食べさせる醤油は一体どんなものなのだ、と噂になる。

そこで野田の醤油を扱っている茗荷屋が「うちの醤油です」とやったうえに、両国仕様で小さな徳利に入れた醤油を四文で売った。

結果として笑いが止まらないほど醤油が売れていく。

さすがだ、と菊弥は思う。困っている武丸を助けてくれたのも本当だが、こんな小さな出来事から醤油の売り上げを伸ばすとはなかなかのものである。

だが、実際に茗荷屋の醤油は美味しかった。

「これならすぐに目をつけられますね」

武丸が嬉しそうにいう。

「本当は目を付けられないほうがいいんだけどね」

いのりも、毎日様々な声色で武丸の店を宣伝した。

そして五日が過ぎた昼。

「ちょっと話を聞きたいんだ」

同心の佐久間は、少々気まずそうな顔で声をかけてきた。奉行が一枚噛(か)んでいたとしても、同心としてはやらなければいけないことがある。

もちろん町奉行の支配下にはあるのだが、何でもかんでも言うことを聞くというわけにもいかない。

佐久間の後ろには、両国をうろうろしている、ぶらぶらの甚太(じんた)という岡っ引きがいた。何をやっているか分からないまま、いつもぶらぶらしているからそう言われている。

　とにかくゆすりやたかりが大好きで、他のことをしているのを見たことがないと言う岡っ引きである。

　武丸の顔色が少々曇った。どうやら、甚太のゆすりをはねつけたのだろう。

　甚太が強気に声を荒らげた。

「おうおう。こんなところで色気を売りに商売するとはけしからん。しっかりと取り調べてやるから覚悟しろ」

　菊弥は佐久間を睨んだが、横を向いてしまった。

　今までうまく運んでいたことが岡っ引きのゆすりで台無しになるとは思いもしなかった。どうしよう、と思った時、目の端に北斗が入った。

　助けを求めて、北斗に視線を向ける。

　ところが、北斗は慌てたように背中を向けて逃げてしまった。

　あの役立たずのヒモ野郎。

　心の中で悪態をつく。散々うまいことを言って、人から金までふんだくって、肝心な時に背中を向けて逃げるとは一体どういう男なんだ。

まさに百年の恋も冷めるというものだ。

こうなったら自分でなんとかするしかない。この岡っ引きとどうやって対決すればいいのだろう。

睨みつけると、甚太は鼻で笑った。

「芸者が十手に逆らえると本気で思ってるのかい」

屋台の周りは野次馬で一杯である。ほぼ全員が佐久間と甚太の敵だ。それでも、十手を預かっている相手には何もできない。

「いいんですよ。大人しく取り調べを受けます」

武丸が、諦めたように言った。

「大人しく番屋まで来てもらおうか」

甚太が言った時である。

「これが評判のイカ飯であるか」

不意に、落ち着いた声がした。声の方を見ると、編笠（あみがさ）をかぶった武士がいる。黒の着流しで、一見すると浪人風だが、布地はかなりいい。

「おう。誰でえ。今こいつをひっくくって番屋に連れてくとこなんだ」

甚太がすごんだ。

武士は黙って編笠をとった。

南町奉行、池田頼方であった。

「なんでえ、てめえは。両国の甚太親分を知らねえのか」

甚太が腕まくりをした。

「すまぬな。知らぬ」

池田がおだやかな笑顔をうかべた。

「お前もひっくくるぞ」

「南町奉行、池田頼方」

そういうと、あたりがざわめいた。甚太がひるむ。そして佐久間を見た。

「お奉行様の名を騙(かた)ってますよ」

「本物だ」

佐久間が言うと、あたりがどよめいた。

なかなか本物の町奉行を目にする機会などない。

「南町奉行、池田頼方様、おなりぃぃぃぃぃ」

いのりが叫んだ。

もうあたりはお白洲(しらす)の雰囲気である。いったいなぜここに南町奉行がいるのか、菊弥には見当もつかない。

池田の後ろに北斗がいた。

どうやら連れてきたのは北斗らしい。百年の恋が利息をつけて戻ってきた。今度多めに小遣いを渡そう、と心に決める。

「まずは一杯もらおうか」

奉行が言った。

武丸が、緊張した面持ちで池田にイカ飯を出した。

「うまいな。これはイカと醤油だけなのか」

「左様でございます」

「いいイカと醤油だと、こうもうまくなるのか。これが質の良くないイカと見てくれだけの醤油ではこうはいくまいな」

観衆がどっと笑う。佐久間と甚太をあてこすっているのはあきらかだ。甚太の顔が赤くなり、佐久間の顔は青くなっている。

「ところで佐久間よ、これのどこが何に引っかかるのだ。この奉行に説明をしてはくれまいか」

佐久間は、青い顔のまま下を向いた。

「まさかイカがけしからんということはあるまい。それとも飯のほうか。それとも醬油か」

「料理の方にいかがわしいところはありません」

「ではどこがいかがわしい」

「屋台の店主の顔にございます」

「顔のどこがいかがわしいのだ」

「美少年なのがけしからんというところです」

　佐久間はもう消え入りそうな様子である。

「そうは言うが、この男は別に化粧しているわけでもない。生まれ持った顔がけしからんというのはいかにも無茶であろう。それとも佐久間よ。このわしが、お前の顔がけしからんと言ったら、それはもう罪なのか」

　それから池田は、岡っ引きの甚太を見た。

「そこの岡っ引きよ。お前の顔はいかがわしい。十手が似合わぬ顔をしている。この奉行に十手を返してどこかに行くといい」

　岡っ引きの甚太は、青を通り越して紫色の顔で池田に十手を預けた。逃げるようにしてどこかに去っていく。

もしかしたらこのまま江戸から逃げてしまうかもしれない。十手持ちは、十手を持っているから偉そうな顔ができるのである。取り上げられたとなると、今まで大きな顔をしていたぶんまで嫌がらせをされる。

　下手をすると殺されかねない。

「それで佐久間よ。もう少しましな罪をこしらえてみよ」

　奉行に言われて、佐久間は一応反論することにしたようだった。

「看板美少年は、色を売りものにするので禁止です」

「色だと？」

　池田が武丸に目をやると、武丸が道の方に進み出た。体を看板に挟まれた格好はどう見ても美少年を売りにしているように見えない。

「お前はこれが看板美少年だというのか。色ではなくて看板を売りに来ているようにしか見えないぞ」

「確かにこれは看板でございます」

　佐久間がしおれたように言う。

「看板に手足がついてるといって罪に問うことはできない。それともこれは妖(あやか)しで、看板童子だとでも言うつもりか」

「違います」

「罪のない者を罪人だと決めつけることがどういうことなのか、本当にわかって言っているのか。佐久間よ」

　奉行に言われて、佐久間がへたり込んだ。奉行所は冤罪には厳しい。下手をすれば切腹になりかねない。

　岡っ引きが冤罪を作った場合は文句なく打ち首である。犯罪を取り締まる側の犯罪は、相当に厳しくなっていた。

「罪に問うたわけではありません。少し事情を聞いてみようと思っただけでございます」

「そうか。事情を聞いてどう思う」

「何の問題もございません」

　両国はもう、芝居小屋のような騒ぎである。

　いのりが、大きな声で叫んだ。

「これにて一件落着うううう」

　そして。

　美少年看板は罪に問われないこととなった。

菊弥の家の火鉢の前である。

菊弥が、北斗に酌をした。

「はい。どうぞ」

「おう」

菊弥が満更でもない顔をする。

「今回はさ、ちょっと惚れ直しちゃったね。最後にお奉行様を連れて来た時は本当にいい男だと思ったよ」

「俺もあれは出来すぎだと思ったね」

「いったいなんだってお奉行様を連れてこられたんだい」

「おう。あれな。お前に貰った金をさ、賭場で全部すっちまってな。佐久間さんにたかりに行ったら三両出したんだよ。お奉行様なら十両くらい出すかなと思って声かけたらさ。ああいうことになったんだ」

北斗が楽しそうに酒をあおる。

「賭場ですった?」

菊弥は、自分の頬がひくひくとひきつるのを感じた。

「あ。いや。お役目なんだ。賭場のお役目」

「いったい賭場にどんな役目があるっていうんだい。よりにもよって、町奉行から金をせびろうとしたのかい」

「出来心なんだよ」

菊弥に睨まれて、北斗は自分から三和土の上に座りこんだ。

「出来心でやるようなことなのかい。それは」

「俺は今日はここで飲むよ」

「よく分かってるじゃないか」

菊弥が言うと、脇で七尾が笑いすぎて畳の上に転がったのだった。

やれやれ、と思う。そうは言っても、今回北斗の活躍で様々な人が助かったのは本当のことだ。

三和土はひどいかもしれない。

「今回あんたが頑張ったのはよく分かってる。だからそんなところにいないでわたしの目の前に」

来なよ、という言葉を全部言う前に北斗はもう目の前に来ていた。

「あんたって本当にどうしようもない男だね」

「いい男だろう」

　悪びれずに北斗が言う。

「うぬぼれが過ぎるってもんじゃないかね」

　それから、菊弥は心の中で思った。

　北斗がくすねた金は奉行に返そう、と。


　それから三日して。

　菊弥は小松亭の座敷にいた。

　南町奉行の池田と、内与力の寺内。そして花露屋喜左衛門である。一体どうしてこの三人が小松亭にそろっているのか、菊弥には分からない。

「ごめんなさい。ありがとう」

　挨拶をすると、寺内が身を乗り出した。

「今日はお礼を言いに来たんですよ」

「お礼ならこちらがするべきところなのではないですか？」

　菊弥が言うと、寺内は首を横に振った。

　花露屋が、菊弥に頭を下げる。

「いえいえ。実はこちらの花露屋の看板が派手でけしからんと言いがかりをつけられていましてね。甚太という岡っ引きがうるさかったんですよ」

「屋台にも来ていたあの人ですね」

「確かに少々派手なのは間違いなかったのですが、このままだとお縄になってもおかしくないような状態だったので」

　確かにあの岡っ引きはしつこそうだ。

「かといって、御奉行の気分で十手を返せというわけにいかないですからな。対応に苦慮していたんですよ」

　そう、寺内が引き継いだ。

「じゃあ、あの騒ぎは都合が良かったんですね」

「その通りだ」

　奉行の池田も頷いた。

「まさかあんなとんちに付き合うことになると思わなかったがな。佐久間はすっかり萎（しお）れていて少々気の毒だ」

「お咎めはあるんですか」

「別にない。岡っ引きの甚太はともかく、佐久間が何か悪いことをしたというわけではないからな」

「よかった」

菊弥は胸を撫でおろした。

「佐久間のことが心配なのか」

「そんなことはありませんけれども、うちの北斗が考えたことで人様に迷惑をかけたのでは申し訳ないではありませんか」

「あの岡っ引きか。あれはなかなかいい男だな」

「ありがとうございます」

「菊弥さんのことを大層好きらしいですよ」

花露屋がにこにこと笑いながら、菊弥の方に箱を差し出した。

「これは何ですか」

「北斗親分にねだられていた品です。少々高価なので直接お渡しした方がいいかと思ってお持ちいたしました」

花露屋が差し出してきたのは、伽羅油の中でもかなりいいものであった。「花露」という熨斗がついている。

「これはなかなか良い香りがしますが、特別に良いものなので数がありません。しかし、芸者の面目争いではどうしても必要なものなのでしょう」

　どうしよう。

　菊弥は困った。北斗の真っ赤な嘘である。しかし、ここで嘘でございますと言ったところで誰も幸せにならない。

　むしろ、ありがとうございますと受け取るのが一番いい道だろう。

　庶民からすれば高価でも、花露屋にはなにほどのこともない。

「ありがとうございます。とても嬉しいです」

「菊弥さんには内緒で受け取りたいということでしたが、こちらとしてもどうしてもお礼を言いたかったので持ってこさせていただきました」

「ありがとうございます」

「そういえば、あの屋台のイカ飯のおかげで、醤油問屋の茗荷屋は大儲けしているらしいですよ」

「それは何よりです」

「あの美少年看板たちはかなりいい宣伝になるらしいです。大伝馬町は両国広小路からすぐですからね。いまでは広小路に出店を出しているとか」

　なかなか商売人としての気持ちがたくましいようだ。

「それにしても、あの北斗親分はやり手ですね。茗荷屋さんも感心していましたよ」

「やり手とはなんですか？」

「あの少年たちをまとめ上げているのでしょう。うちもですが、茗荷屋さんもあの程度の手間賃で済むなら安いものだと言ってました」

「どのくらい払ってらっしゃいますか」

「看板代の一割を北斗親分におさめています。直接やり取りする手間もないので、お互いに助かっていますよ」

どうやら正当な商売らしい。人を食い物にするようなことではないだろうから、迂闊にたちの悪い岡っ引きに食いつかれるよりはましかもしれない。

「そういえば、今度鷹張芝居でやる芝居は、菊弥さんをもとにした登場人物もいるようですよ」

「それは何ですか」

「看板童子という芝居です。いま評判ですよ。菊弥さんは看板四天王のひとり、看板芸者のお菊として出てるそうです」

いのりか。

菊弥は心の中でため息をついた。芝居をやる人々は動きが速い。心中事件でもひと月もすればもう芝居になっている。

ましてやお気楽な異種合戦ものの擬人化芝居なら、三日もあればできてしまうだろう。

「しばらくすると、あのお菊の三味線が聞きたいというお客で座敷があふれるのではないですかね。もっとも今でも菊弥さんの約束はとりにくいようですよ」

「そうなんですか」

「木村屋のおえんさんが菊弥さんの約束をずいぶん断っているようですよ」

どうやら、おえんは菊弥に気を使っているようだ。芸者は、倒れるほど仕事を入れるつもりになればかなりの数の座敷が入る。

菊弥が倒れないようにうまく断ってくれているようだった。

「花露屋さんの座敷は断らないようにおえん母さんには言っておきます」

「ありがとうございます」

礼を言うと、菊弥は三味線を手にとった。

「では楽しんでいってくださいませ」

こうして、看板美少年事件は幕をおろしたのであった。

「梅ももうすぐ終わりだね」

七尾がのんびりと言った。

二月が終わると、梅の季節が去って、いよいよ桜の季節がやってくる。そうなると空気も暖かくなってきて、すごしやすい。

「この間着物を仕立てたと思ったらまた着物の季節だね」

芸者には新しい着物を仕立てる日というものがある。一月なら二十日の節句。三月なら桃の節句である。

この日に新しい着物がないと野暮ということになる。

「また坂東屋さんに世話にならないとね」

言いながら両国広小路に足を運ぶ。

青太郎の太物屋を見物するためである。

店までいくと、青太郎の隣に坂東屋が立って、仲良く商売をしていた。店も繁盛している。

どうやら、親子仲はもどったらしい。

「よかったね」

七尾が言う。
「まったくだ」
微笑ましく見ているると、坂東屋の隣に北斗が立っている。みているると、坂東屋から
なにかもらって去っていった。
「たかりだね」
七尾が笑い出した。
「いい金づるってやつだね。でもまあ、いいんじゃないかい。坂東屋も喜んでるみた
いだから。けちをつけるのは野暮ってもんさ」
七尾に言われて、菊弥はため息をついた。
たしかにそうだ。見なかったことにしよう。
そして菊弥は、心の中で坂東屋に手をあわせた。

うちの宿六が迷惑かけてすみません。

参考文献

『江戸切絵図と東京名所絵』（白石つとむ編／小学館／一九九三年三月）
『醤油・天婦羅物語』（平野雅章／東京書房社／一九七九年七月）
『江戸・町づくし稿　上・中・下・別巻』（岸井良衛／青蛙房／二〇〇三年十一月〜二〇〇四年三月）
『江戸晴雨攷』（根本順吉／中公文庫／一九九三年六月）
『江戸の芸者』（陳奮館主人／中公文庫／一九八九年八月）
『芸者論　花柳界の記憶』（岩下尚史／文春文庫／二〇〇九年七月）
『江戸たべもの歳時記』（浜田義一郎／中公文庫／一九七七年十二月）
『江戸商売図絵』（三谷一馬／中公文庫／一九九五年一月）
『江戸年中行事』（三田村鳶魚編／朝倉治彦校訂／中公文庫／一九八一年十二月）
『江戸風物詩』（川崎房五郎／桃源社／一九六七年十月）

『江戸の戯作絵本』（小池正胤・宇田敏彦・中山右尚・棚橋正博編／教養文庫／一九八四年六月〜一九八五年七月）
『江戸八百八町　史実にみる政治と社会』（川崎房五郎／桃源社／一九六七年二月）
『江戸の看板』（松宮三郎／東峰書院／一九五九年十一月）
『江戸入浴百姿』（花咲一夫／三樹書房／二〇〇四年十月）
『江戸繁盛記　柳橋新誌』（日野龍夫校訂／岩波書店／一九八九年十月）
『包丁人の生活』（中沢正／雄山閣出版／一九八一年七月）

――本書のプロフィール――

本書は、小学館文庫のために書き下ろされた作品です。

小学館文庫

うちの宿六が十手持ちですみません

著者　神楽坂 淳

二〇二一年二月十日　初版第一刷発行

発行人　飯田昌宏
発行所　株式会社 小学館
〒一〇一-八〇〇一
東京都千代田区一ツ橋二-三-一
電話　編集〇三-三二三〇-五九五九
販売〇三-五二八一-三五五五
印刷所 ――― 中央精版印刷株式会社

ISBN978-4-09-406873-3